AF205031

Tredition GmbH, Hamburg
© 2017 Rolf D. Kaufmann

ISBN 978-3-7439-0371-5 (Paperback)
ISBN 978-3-7439-0372-2 (Hardcover)
ISBN 978-3-7439-0373-9 (E-Book)

Diese Geschichte ist während eines neun-
monatigen Arbeitsaufenthaltes in Izra´
إزرع, in einer Kleinstadt im Süden von Syrien, niedergeschrieben worden. Die Er-
zählung ist erstmals erschienen *in arabischer Sprache* unter

أنت نايلة الككادار من عذرى؟

Für Magdalena

Prolog
Corvus frugilegus

Wenn ich vom Fenster aus – gerade jetzt im Frühjahr - die Saatkrähen, hüpfend und schreiend, grabend, hackend und in Gruppen gemeinsam nach Nahrung suchend beobachte, wenn ich ihnen und ihren akrobatischen Flugkünsten, ihrem lärmigen und geselligen Miteinander zuschaue, muss ich unweigerlich an Nayla

Alkaddar, die bezaubernde, junge Frau aus Isra, Syrien, denken: Ein Blick in unsere grausame Welt – voller Hoffnung auf ein gutes Leben, voller Liebe und Gewalt.

Rolf D. Kaufmann, 20. Februar 2017

Rolf Dieter Kaufmann

Code-Name Saatkrähe
oder
Die Liebe ist aus demselben Stoff wie das
Schwert

الحب مثل السيف.

I. Erstes Buch
Familienbande

1. Erster Abschnitt
Abu-Bakr kommt auf die Welt

a) Der einzige Sohn

Der am 17. April 1937 in der syrischen Hauptstadt Damaskus *„Mit einer Sturmlocke in der Farbe des roten Amarant am Köpfchen"* (Vermerk der Hebamme Djamila) auf die Welt gekommene Abu-Bakr Alkaddar soll der einzige Sohn und einziges Kind des Usama Alkaddar und der Etel Khalifa bleiben.

„Kleiner Abu-Bakr, schreie laut und unerschrocken!", begrüßt Djamila, die gottesfürchtige Distrikt-Hebamme, den Neugeborenen. Als wolle sie dem Weltneuling, bevor er von anderen Schlimmes erfahre, der Weisheit letzter Schluss mit auf den Weg geben:

„Abu-Bakre, Sohn des Usama, trau´ dem Frieden auf der Welt nicht, weil es niemals Frieden geben wird!"

b) Djamilas Pflicht

Djamilas Pflicht ist es, in einem Formular fein säuberlich die Wegspur, die zur elterlichen Freude und der Geburt des Kindes führte, aufzuzeigen und den Nachweis für die rechtspflichtige Existenz der fleischlichen, makellosen Frucht der Liebe zu führen.

„Die Djamila hat ein tüchtiges Mundwerk!" Hinter ihrem Rücken sagt man über sie: *„Sie ist dünn und wahrlich keine äußerliche Schönheit, aber sie ist eine Seele von Mensch, und sie hat bäuerlichen Charme und Persönlichkeit. Ihre Schönheit kommt von innen."*

Sie selbst über sich: *„Noch keiner hat zu mir gesagt, ich sei schön; aber ich bin glücklich, und ich bin mit mir zufrieden und mit einem einfühlsamen Mann gut* *verheiratet. Er ist der Sohn der Schwester meiner Mutter. Ehevertrag und Brautgeld zur Besiegelung unserer Ehe haben gestimmt. Mein Vater hat sich nicht lumpen lassen. Es gefällt mir, verheiratet zu sein. Ich kenne meine Pflichten. Das genügt mir."*

Djamila versteht sich in Allahs Namen auf vier nicht materielle Absichten:

1. Bescheidene Lebensführung.
2. Segenssprüche und magische Handlungen.
3. Behandlung von Krankheiten und Verletzungen aufgrund ihres kräuterkundlichen Wissens.
4. Kunstfertigkeit der Geburtshilfe.

Sie hat nie Langweile: *„Was die Leute aus Langweile nicht alles tun! Sie lieben, heiraten und vermehren sich aus Langeweile. Sie tratschen und verunglimpfen sich aus Langeweile. Und sie sterben letztendlich aus Langeweile."*

Djamila ist eine weise Frau. Von ihrer als Kräuterhexe verdächtigten Mutter für das Magische ausgebildet, gilt sie als erfahrene Seherin und Heilerin. Ihr für alle Fälle des Lebens mitgeführtes Hebammenköfferchen enthält neben den üblichen Geburtshilfewerkzeugen eine ganze Palette magischer Mittelchen und Gegenstände, wie zum Beispiel Kräutermixturen, Alraune, Tierfette, Edelsteine und Amulette.

Djamilas Mutter: *„Alles, was seine Magie verliert, geht in der Wirklichkeit unter und ist für die Menschen für immer verloren!"*

c) Djamilas Glaube an die Menschheit

Djamilas auf Glauben an das Gute im Menschen basierende, auf Sympathie und Kenntnis der Heilkräuter und deren wirkende Zusammenhänge angelegte Praxis spendet Linderung, Trost und Zuversicht. Die Umsetzung magischer Kräfte bei der Heilbehandlung tut das Übrige.

Da sie Mädchen mehr liebt als Jungen, merkt sie aufseufzend und wortreich und ohne jeglichen Charme zur Geburt Abu-Bakrs an: *„Du bist keine leuchtende Rose, kein Mädchen! Du bist ein einfältiger Knabe, ein Lausebengel, ein zwitschernder Spatz, ein Singspatz. So denke ich mal! Du wirst von der Hände Arbeit leben müssen. Gehe niemals schlimme Wege und verrate niemals eine schlechte Kinderstube. Bleibe zeitlebens empfindsam und leidensfähig."*

Mit geschickter Hand das Kindchen in eine vorgewärmte Decke einwickelnd, beendet Djamila, dem Kind Grimassen schneidend, ihre belehrenden Anmerkungen wie folgt:

„Mir graust es beim Gedanken an die Welt, in die du hineingeboren bist. Die Grausamkeit des Menschen reicht tiefer als die Gefühle je hergeben. Der Tränenfluss der Menschen dauert ewig. Der Mensch ist ein Übel und übel dran. Überlassen wir den Musterknaben Abu-Bakr, dem Vater Usama und seinem Wächteramt sowie Etel

und ihrer Kunst der mütterlichen Liebe, und der Zeit."

d) Geburtsurkunde

In ein Formular schreibt sie: *„Der 1916 in den syrischen Basaltebenen, in der frucht-baren Region Hauran, in der kleinen Stadt Isra geborene Usama Alkaddar und die im Muhafazat, auf den Golanhöhen, im Städt-chen Qunaytirah geborene Etel Khalifa, Gattin des Usama, haben heute, am 17. April 1937, in der syrischen Hauptstadt Damaskus, der Welt einen Jungen mit dem Namen Abu Bakr geschenkt, eingetragen auf Anzeige der Distrikt-Hebamme Dja-mila. Ich erkläre, dass ich bei der Geburt zugegen war. Djamila Ibrahim."*

2. Zweiter Abschnitt
Abu Bakrs Vater Usama, Mutter Etel und Dromedar Abu Bakre

a) Vater Usama wurde in das König-reich Syrien hinein geboren

Um krass und ohne Beschönigung die Wahrheit zu sagen: Der Vater des Abu Bakr, Usama, wurde 1916, zu einer Unzeit, bei Frost und Kälte, ohne Getöse und mit wenigen Privilegien ausgestattet, in das von Faisal dem Ersten, einem Sohn des Scherifen von Mekka errichtete, unabhängige arabischen Königreich Syrien hineingeboren.

Nachdem dieses königliche Reich schon nach wenigen Monaten seiner Gründung von den Truppen Frankreichs gestürzt und unter französisches Mandat gestellt worden war, blieb Abu Bakrs Vater Usama nichts anderes zur Wahl, als sich – oft Rotz und Wasser heulend – wie ein fliegender Fisch über schlüpfrigem Sumpfboden in dem von Kriegen und Unruhen geschüttelten Land und in einer überwiegend durch die Franzosen beherrschten pro westlichen Gesellschaft zurecht zu finden.

b) Usama ist marginaler Verwaltungsangestellter

In seinem 21. Lebensjahr, 1937, nach gründlicher Schulbildung und nachdem Frankreich, der Koloss auf tönernen Füssen, die Unabhängigkeit Syriens in Aussicht gestellt hatte, bekam Usama eine Anstellung in der französichen Verwaltung in Damaskus, was ihm zwar ein Auskommen, jedoch nicht gerade Sympathien seitens seiner großen Verwandtschaft und der Freunde einbrachte.

Jahre zuvor, 1925, hatte Frankreich, nach einem Aufstand der Drusen, die Stadt Damaskus und andere Städte in der Region bombardiert.

Am 17. April 1946, am neunten Geburtstag von Sohn Abu Bakre, entstand *„Aus grüner und brauner Erde, auf Ackerland und Wüsensand ..."* eine syrisch-arabische Republik, ein Vielvölkerstaat und Vielreligionen-Staat.

3. Dritter Abschnitt
Abu Bakrs einzigem Sohn gilt alle Liebe

a) Abu Bakrs schulische Laufbahn

Usamas einzigem Sohn, Abu Bakre, galt alle Fürsorge und Liebe. In Damaskus besuchte Abu Bakre die wegen der vielen Flüchtlinge aus den Nachbarstaaten und der Landflucht völlig überlastete Volksschule, danach die weiterführende Schule nach französisch strukturiertem Schulsystem. Er erreichte das `Certificat` der Grundschule und das `Baccalauréat` weiterführender Schulen mit Auszeichnung. Wie jedes Mitglied seiner in mehreren Generationen zusammenlebenden Großfamilie war Abu Bakre für gute Leistunen und die Aufrechterhaltung der Ehre aller Familienmitglieder mitverantwortlich.

b) Chamäleon und Dromedar

Mutter Etel schenkte Abu Bakre ein Chamäleon. Ein lebendes Chamäleon, weil dieses früher das Wappentier ihrer Familie in ihrer Heimatstadt Al Qunaytirah war. Aus Freude, Schönes geschaffen zu haben (Gemeint war sein Sohn Abu Bakre) und weil Gattin Etel mit Leichtigkeit, ohne Tränen in die Augen pressen zu müssen, einen Sohn geboren hatte, erwarb Usama ein junges, spuckendes Dromedar.

Kein ernst zu nehmendes Spielzeug für Sohn Abu Bakre, aber Symbol-Tier für Durchhalten und für die Not, unter erschwerten Bedingungen in der Weltlichkeit zu überleben.

Usamas Frau Etel wusste keine Lösung, wohin sie das Tierknäuel in Damaskus stecken sollte, wo sie es weiden und herumtrampeln lassen sollte. So entstand der Wunsch der Familie, eines Tages von den Behörden ein leicht zu bewilligendes Anwesen auf dem Land zu erwerben, mit guter Luft, Morgen- und Abendkühle, mit Wasser, dichtem, grünem Moos, mit Erbsen-Äckern, Malvenstauden, dickschaligen Weintrauben zur Nachernte, Schattenbäumen und einem Wäldchen. Ein verstecktes Plätzchen in der Nähe der kleinen, reizvollen Stadt Isra, im süd-syrischen, fruchtbaren Hauran, wo Menschen und Tiere, Araber und Christen, wie in alten Zeiten zusammen leben können – und

„Wo der Schuster selbst die schlechtesten Schuhe trägt."

Usama belehrte seine Frau, man könne sich glücklich schätzen, ein Dromedar zu besitzen, in einem Land, in dem durch zerstörerische Kultivierung, durch rücksichtslose Erschließung von Ackerflächen und durch Abholzen der Bergwälder mit der Tier- und Pflanzenwelt, mit der Natur insgesamt, harsch umgegangen werde.

Usama: *„Geben wir dem Dromedar einen Namen. Es soll Abu Bakre, wie unser Sohn Abu, heißen. Wenn man den Namen eines Wesens nicht sagen kann, dann verschwinden Wissen und das Fühlen um das Wesen selbst!"*

Usamas Eltern besaßen einst Dromedare, Esel, Schafe und Ziegen, Hühner und Gänse. Diese vor dem Biss der Wölfe, Hyänen, Füchse, Schakale und Bären zu schützen, war in Usamas Kindheit die nach Besuch der Grundschule zu erfüllende, verantwortungsvolle Aufgabe.

Usamas Vater lobte das – an seinen Sohn weitergegebene - ersichtliche Verantwortungsbewusstsein:

„Wohin du gehst, Usama, wird die Gegend grün und fruchtbar, wächst das Wollkraut, der rote Pfeffer – und blöken die Schafe!"

So also bekam Usamas Sohn Abu Bakre ein Dromedar. Das geschah, nachdem die Franzosen unter dem Druck der Engländer in Eile aus Syrien abgezogen waren.

4. Vierter Abschnitt
Usama in der syrisch-arabischen Republik

a) Usama und Etel am Anfang einer neuen Zeit

Auch nach dem Weggang der französischen Besatzer gab es für Usama viel zu verwalten, so dass der kleine, europäisch gekleidete, gebildete und immer fröhliche Mann nicht arbeitslos wurde und seine Familie im Wohlstand leben konnte.

Usama blieb bescheiden, indem er sich immer vor Augen hielt: *„Über jedem, der Wissen hat, steht einer, der noch mehr weiß!"*

Usama und Etel gaben sich mit der neuen Republik einverstanden, indem sie über der blauen Eingangstüre zu ihrem Damaszener Hofhaus gut sichtbar das große Staatswappen, den goldfarbenen, nach rechts blickenden Falken und über diesem den Namen `Syrisch-arabische Republik`, die nunmehr geltende Staatsbezeichnung, anbrachten.

Nach 1946, in seinem dreißgsten Lebensjahr, hatte Usama überwiegend mit
Aktenschnüren und Dokumenten von
Vertriebenen, Flüchtlingen und Staaten-
losen zu tun, insbesondere mit verjagten,
geflohenen oder ausgewiesenen Menschen aus Palästina; daraus resultierend
auch mit hohen Beamten des Staats-
apparates, mit Politikern und deren Wan-
kelmütigkeit, deren Querelen, deren star-
rer Haltung, deren Fußtritte und falscher
Zunge. *„Wie das überall so in der Welt ist."*

Unter ihnen waren gute und böse Menschen. *„Kleider allein tun es nicht!"*

5. Fünfter Abschnitt
*Abu Bakre studiert und heiratet Adel-
heid Mayer*

a) Studium der Humanmedizin

1959, in seinem zweiundzwanzigsten
Lebensjahr, begann Abu Bakre in München, in Bayern, das Studium der Human-
medizin, wie es sich Vater Usama immer

vorgestellt hatte: *„Mein Sohn muss Arzt werden!"*

b) Aus Abu Bakrs Tagebuch

Aufzeichnungen des Abu Bakre während eines Aufenthaltes in Isra, Syrien, im Jahr 1960, in seinem dreiundzwanzigsten Lebensjahr, am Tag der Verehelichung Abu Bakrs mit Adelheid, Mayer:

Natürlich hat jeder Mensch seine schwachen Seiten. Mein Vater hat einen Bruder, Yusuf, der zuhause seine kränkliche Gattin schlägt, in Aleppo, im öffentlichen Leben, in seiner Funktion als Staatsbediensteter ein glänzender Richter ist und als Muster eines pflichtbewussten Familienvaters gilt.

Usama zu mir: *„Da wir schon beim Thema sind, mein Sohn! Mein Bruder Yusuf ist ein Aufschneider, der wegen seines Hoffens auf Beifall von allen Menschen, und wegen seines rückhaltlosen Strebens nach Ansehen, koste es, was es wolle, leicht einen steifen*

Hals bekommt. Er liebt es, wenn andere in Missgunst erblassen oder vor Neid Gift und Galle spucken. Yusuf greift als Richter in die Lebensgeschichten von Menschen ein, doch im Grunde bewegt er nichts Positives, außer er bewegt die eigenen Glieder. Die Menschen, die er gebraucht, sind ihm egal. Er prahlt mit seinen vermeintlich vielfältigen guten Beziehungen und Einflussnahmen. Wenn es die Situation erfordert, droht er unverhohlen mit mit seinem von ihm als Machtpotential empfundenen gesellschaftlichen Netzwerk. Wer nicht für ihn ist, ist gegen ihn. Für ihn ist einzig wichtig, wer ihn bewundert und Beifall klatscht, schmeichelhafte Worte sagt oder sich beugt. So einfach ist das, Er weiß nicht, dass er ein König ohne Land ist. Trotzdem, er ist mein Bruder, und ich liebe ihn."

c) Onkel Yusuf

Das kann man so oder so sehen: Als ich 1958 den Wunsch äußerte, in Deutschland Medizin studieren zu wollen, hat

Onkel Yusuf ohne Umschweife das Administrative für Syrien und Deutschland in die Wege geleitet. Nach wenigen Wochen hatte ich das Einreisevisum und einen Studienplatz in München. Ich bedankte mich artig, was ihn sehr freute.

Bevor ich nach Deutschland reiste, lud er mich ein, ein paar Tage bei ihm und in seiner Familie zu verweilen, damit er mich auf München und das Studium vorbereiten könne.

Onkel Yusuf: *„Ich habe in München einen guten arabischen Freund, der Deutschlehrer ist!"*

Während meines Aufenthaltes in Aleppo lernte ich einen ganz anderen Onkel Yusuf kennen.

Gut, der Islam untersagt Selbstverliebtheit. Er verbietet den Eindruck von Eitelkeit und Arroganz zu vermitteln, mit Besitztümern zu prahlen, sich seelisch zu entblößen. Jedoch untersagt er nicht, Begabungen und Können zu pflegen und mitzuteilen.

Onkel Yusuf hat eine besondere Gabe: Eine musikalische Begabung von großer Intensität. Und er hat Neigung zu ästhetischen Formen und bildhafter Dramaturgie.

Am Donnerstag vor meiner Abreise lud Onkel Yusuf seinen Freundeskreis und mich ein zu einem Fest.

An besagtem Tag betrat ich einen für arabische Verhältnisse großen Saal in seinem Haus. Von der Schönheit und Mitteilungsdichte des Raumes war ich wie geblendet. Der Raum war überall in Weiß gehalten. Der Boden bestand aus weißen Steinplatten. Alle Wände und Decken waren von strahlendem, poliertem Weiß. Auf dem Boden lagen Sitzkissen aus weißem Leder und weiße Stoffkissen mit Troddeln. In einer sonnenbeschienenen Nische standen weiße, doppelschläuchige Wasserpfeifen. Von diesem prachtvollen, die Sinne berauschenden Weiß hoben sich einige wenige Gegenstände ab: Die kleinen Behältnisse für die Wasserpfeifen-Kohle, die syrische Olivenholzkohle, der in Schälchen abgepackte Tabak aus Jasmin, Minze und Vanille, und eine auf einem Podest angelehnte, doppelchörig bespannte Kurzhalslaute, die Oud.

Eine Insel in Blautürkis bildete der auf dem Steinboden in der Mitte des Raumes liegende, runde, indigoblaue Sarough-Teppich aus feinster Mahal-Qualität, niedrig geschoren und weich. Eine Sonderanfertigung, wie Yusuf mir später einmal sagte, aus dem Dorf Saruk in der Provinz Markazi im Iran. Yusufs Gäste waren mit weißen Leinenhosen (Sirwals) und –hemden bekleidet.

Yusuf und sein sandfarbener, glatthaariger und hängeohriger Sloughi-Rüde aus einer alten orientalischen Windhundrasse, begrüßten mich.

Onkel Yusuf empfing mich in einer strahlend weißen Dishdasha.

Yusuf: *„Im Erhalt dieser mit natürlicher Schönheit und Eleganz ausgestatteten arabischen Hunderasse sehe ich eine meiner vornehmsten Aufgaben!"*

Der Abend bleibt unvergesslich. Man saß auf dem runden, tief türkisblauen Teppich, speiste Köstliches und trank Tee in großen Mengen, rauchte die Wasserpfeife, hielt sich Riechfläschchen an die Nase und unterhielt sich.

Das Besondere war jedoch: Yusuf spielte bis spät in die Nacht hinein auf der Oud, der Laute, um den Gästen gekonnt und mit reicher Mimik, in frischen, bildreichen Worten seine Poesie in greifbare Nähe zu rücken. Lieder von Freundschaft, Liebe und dem Weg zum alleinigen Gott. Er war ein Meister der herrlichen Kunst des aus dem Leben gegriffenen Liedvortrages und des Spielens auf der Oud. An ein symbolträchtigen, rührendes, sehr kurzes, von Yusuf in kehligem Flüsterton zahrtfühlend gesungenes `Maqam` erinnere ich mich besonders. Ein anmutiges Liebesliedchen:

Deine Augen, deine braunen Augen
Aus ihnen sichert in Sekunden
Hoffnung in das Herz, gefunden
Tastend zart von meinen Augen
Deine Hand, deine starke Hand
Zum Abschied flüchtig angehoben
Hat mit Netzen mich umwoben
Ein Lichtermeer hält meine Hand

Onkel Yusuf war großzügig. Vor meiner Abreise nach Deutschland ließ er mich nochmal zu sich kommen und sagte:

„Bevor du von der Bildfläche verschwindest, Abu Bakre, will ich dir ein Geschenk geben. Sage kein Sterbenswörtchen davon meinem Bruder Usama, deinem Vater, dem Lästermaul.“

Er drückte mir ein mit einer Sure aus dem Koran versehenes und mit Ornamenten verziertes Couvert mit 7000 syrischen Lira in die Hand. Das war viel Geld, ein kleines Vermögen.

Die Sure lautete: „*Allah legt keiner Seele mehr auf, als sie zu leiden vermag. Ihr kommt zu, was sie verdient hat. Angelastet sind ihr, was sie verdient hat (2:286).*"

Danach klagte er: „*So will mein kleiner Held nach seinem einundzwanzigsten Lebensjahr das Hauptquartier verlassen und Reißaus nehmen. Hat er sich das gut überlegt? Fühlt er Misstrauen gegen unser Land, weil sich Profanes, Lächerliches mit Erhabenem vermengt? Misstrauen ist in Syrien, das in der Revolution steht, eine zerstörerische, übel mitspielende Krankheit vor allem der Syrer. Die Wellen der Schlechtigkeit schlagen an die Gestade, die unser Volk schützen sollen. Man muss die unguten Gefühle vertreiben und dem Regime Gefühle der Treue anbieten.*

6. Sechster Abschnitt
Belehrende Worte von allen Seiten

a) Aufzeichnungen zu Onkel Achmed

Da ist noch Onkel Achmed, der zweite Bruder meiner Mutter. Er ist Imam, Vorsteher der islamischen Gemeinschaft, und gelegentlich ist er auch Vorbeter in den Moscheen.

Als Kind fürchtete ich mich vor ihm. Wenn er die Familie besuchte, versteckte ich mich vor lauter Angst hinter dem safrangelben Hauskleid, dem Kaftan meiner Mutter.

Onkel Achmed glaubt sich mehr der Sunna als dem Koran verpflichtet. Er belehrte mich wie ich vierzehn Jahre alt war, wie folgt:

„Koran und Sunna sind die hauptsächlichen Quellen des Islam. Der Koran war dem Propheten Mohammed in arabischer Sprache übermittelt. Er ist das geschriebene Wort Gottes. Die Sunna beinhaltet die Überlieferung der Taten und Sprüche des Propheten sowie die Kriterien zu Lebens-

weisen und die Vorbildhaftigkeit für die Menschheit. Die in der Sunna enthaltene Hadithe-Sammlung gibt authentische Gespräche und Mitteilungen zum Leben und Werk des Propheten wieder. Aus diesen kannst du, Abu Bakre, die Aufgaben und den Wert der Taten der Muslime interpretieren und die moralischen Pflichten herleiten. Koran und Sunna stellen die Grundlage der Lebens- und Rechtsordnung des Islam."

In unerzogenen, Übel wollenden, gemeinen, Schabernack treibenden Männern und in herausgeputzten, sich feilbietenden, anstößigen Weibsbildern, in kränklich sich aufdrängenden, auf Schritt und Tritt lästig werdenden Verwandten, sieht Achmed den Ausbund an Schlechtigkeit.

„Abu Bakre, Sohn des Usama und der Etel, meiner Schwester", belehrte Imam Achmed mich vor Abreise nach Deutschland, *„ ... die Zeiten ändern sich überall und kein Fleck dieser Erde wird verschont bleiben. Man kann diesen Wandel ganz deutlich in*

den arabischen Ländern, in Europa und in Amerika beobachten. Was ist schon Europa? Was ist Amerika? Wir stehen an einem Scheideweg. Der Kampf hat gerade erst begonnen. Der Islam ist auf dem Vormarsch. Die Machtverhältnisse können sich schlagartig ändern. Der Islam wird eines Tages, so Gott will, die Welt beherrschen. Die Welt, ein einziges islamisches Kalifat. Millionen Märtyrer reisen in alle Welt. Stelle dir vor: Die Europäische Union ist `Europäisches Kalifat`. Die Scharia, das islamische Recht, wird uns einigen und stark machen. Trage du, Abu Bakre, zum Euro-Islam bei, wie es unsere Brüder Tibi und Tariq beschworen haben. Die Islamisierung Europas und die Europäisierung des Islam sind notwendig und überfällig."

Achmed, der Bruder meiner geliebten Mutter, macht mir immer noch Angst. Von ihm geht keine Liebe aus.

b) Die blitzgescheite Adelheid Mayer

In Bayern lernt Abu Bakre 1959 die damals achtzehnjährige, für sein Empfinden exotisch blonde, nach Meinung der Kommilitonen blitzgescheite Studentin der Veterinärwissenschaften, Adelheid Mayer kennen. Es war Liebe auf den ersten Blick.

Adelheid und Abu Bakre heiraten 1960, in beider dreiundzwanzigsten Lebensjahr, während eines Aufenthaltes in Syrien, in der Stadt Isra, am Tor der syrischen Wüste, am Lieblings- und Geburtsortes des Vaters von Abu Bakre, wo Usama und Etel inzwischen ein Anwesen in einem ländlichen Vorort erstanden haben und wohin sie 1959 von Damaskus weggezogen sind, um sich mit dem Dromedar ihres Sohnes ein endgültiges und weitläufiges Zuhause zu schenkten.

Adelheied Mayer wird Adelheid Alkaddar-Mayer und Muslimin. Am 19. August 1960 wird eine Tochter, Nayla, geboren.

Abu Bakre und Adelheid ziehen wieder nach München.

C) Abu Bakr und Adelheid ziehen zurück nach München

In Syrien verursacht eine Trockenperiode den Zusammenbruch des gesamtwirtschaftlichen Aufschwungs.

Die Staatsmacht geht wenig zögerlich gegen Kommunisten und andere vermeintliche Störenfriede vor. Man hört von grausamen Haftbedingungen, Folterung, Mord und Totschlag. Die Union zwischen Ägypten und Syrien ist nach einem Militärputsch syrischer Offiziere aufgekündigt worden.

Für Abu Bakre Grund genug, sich mit Rücksicht auf seine Gattin in ruhigere Gefilde zu begeben. Abu Bakre schlägt seinen Eltern vor, auch nach München auszureisen. Doch Usama will seine Heimat nicht verlassen. Für ihn ist die westliche Welt nicht das gelobte Land.

1964 beendet Abu Bare sein Studium der Humanwissenschaften in München mit der Promotion *summa cum laude.* Adelheid widmet sich ausschließlich der Erziehung ihrer Tochter Nayla.

Von 1964 bis 1986 betätigt sich Dr. Abu Bakre Alkaddar als Arzt in München. Seine Heimat Syrien, insbesondere Damaskus, die Stadt mit den vielen Gesichtern, und sein spuckendes Dromedar als Symbol von Freiheit und Durchhaltevermögen, lassen in nicht los.

Bis in die siebziger Jahre war Damaskus eine westlich orientierte, als liberal geltende Stadt. Sie war hungrig, begierig nach Leben, die Jugend war aufstachelnd für das Moderne, aber auch gespalten, was die Werteorientierung anging.

d) 1986 ziehen Abu Bakr und Adelheid wieder nach Syrien

Nach der endgültigen Rückkehr von Abu Bakr und Adelheid nach Syrien, im Jahr

1986, sagte die kränkelnde Mutter, Etel, zu Abu Bakre und Adelheid:

„Der Gesang der Muezzine aus den Minaretten über unseren Häusern ist wieder deutlicher zu hören. Die Frauen kleiden sich wieder unauffälliger und verlassen ihr Haus verhüllt. Junge Frauen bekennen sich zu Kopftuch und Scharia. Religiöse Ansprachen, Widmungen und Handlungen sind wieder gültig. Das Amulettwesen erhält Auftrieb. Man bezeugt, dass es keinen Gott gibt, außer Allah, und dass der Prophet Mohammed sein Gesandter ist. Die Muslime beten wieder, wie vorgeschrieben. Sie zahlen ihre Pflichtsteuer, halten den Fastenmonat ein, und die Männer pilgern nach Mekka oder Medina. Der Islam ist nach Syrien zurückgekommen, und das ist gut so!"

مسموعًا المـآذن من للصـــلاة المـــؤذنين نـداء عـاد و
النسـاء أرتـدت و .أكـثر بوضـوح بيوتنـا فـي
بغـادرن لا أصـبحن و النظـر تلفـت لا ملابـس
فقـد الفتيـات أما ,محجبـات هن و إلا بيــونهن
الخطب عادت و .الشـريعة و بالحجـاب أعـترف
أكـثر صـالحة التعـاملات و الإهداءات و الدينيــه
أصــبح فقـد بالتمـائم الإعتقـاد أما .قبـل دى من
محمد أن و الله إلا إله لا أن يشـهد المـرء و .رائحا
صــلواتهم يصـلون المسـلمون عاد و . الله رسـول
رمضـان يصــومون و ,زكـاتهم يـدفعون و ,المكنوـــه
الإسـلام عاد فقـد هكذا و .الحج فريضـة يـؤدون و
.حسن شـيء هذا و , سـورية إلـى

(Dokument)

Das sagte Mutter Etel. Dr. Abu Bakre Alkaddar, Sohn des von den Franzosen und
deren Importkultur geprägten Usama,
war von Mutters Gesinnungswandel hin-
und hergerissen: Der Islam als Religion
und Staat in einem?

Es ist komisch, tragisch und grausam, wie
sehr die Menschen, die einfach nur leben
wollen, den wechselnden Richtlinen und
Indoktrinationen der Mächten ausgelie-
fert sind, wie guter Wille und Idealismus
über Nacht kippen können, in folgen-
schweren Fanatismus, in blinden Aktio-

nismus und in die Verkehrung der Sach-
verhalte, und wie Menschen für nicht
Greifbares ein Sendungsbewusstsein entwickeln und sich mit der Aura vom Er-
lösertum umgeben. Das ist die eine Auffassung.

Es ist komisch, tragisch und grausam,
wenn Menschen ihr Bewusstheit verlieren oder opfern, wenn sie nicht, wie der
Prophet das gemacht hat, hie und da in
die Einsamkeit gehen, um sich wieder zu
finden. Das ist die andere Auffassung.

Usama zu Abu Bakre: *„Du wirst dich bald
verlieren: Nichts ist schlimmer, als wenn
man sich verliert. Man glaubt sich im Bewusstsein und ist in Wahrheit seines Seins
nicht mehr sicher."*

Im Namen Gottes: Abu Bakrs Vater, Usama, starb im Jahr 1984.

e) Tochter Nayla entwickelt sich interkulturell

Adelheids und Abu Bakrs Tochter Nayla entwickelte sich multikulturell, in unterschiedlichen Gläubigkeitssphären und in Mehrfachidentitäten. So könnte man sagen.

Im Jahr 1984, im vierundzwanzigsten Lebensjahr, schloss Nayla in Wien ein Studium der Romanistik ab. 1986, im sechsundzwanzigsten Lebenjahr, heiratete sie den Deutschen Paul Schuch. Das war kurz vor Abu Bakrs und Adelheids Umzug von München nach Isra.

f) Etel stirbt

Die Mutter Abu Bakrs, Etel, wurde 1986, in ihrem zweiundsechzigsten Lebensjahr schwer krank. Sie spürte das nahende Ende. Sie bat ihren Sohn wegen des Dreimal-Anklopfens des Todes und wegen des Dromedares, zu ihr, in das Land des Heiligen Damian, zu kommen.

Adelheid und Abu Bakre erfüllten ihr diesen Wunsch. Noch im Jahr 1986 starb Etel. In den letzten Lebensjahren, nach dem Tod ihres Gatten, wandelte sich Etels Bewusstsein. Etel wurde eine streng gläubige Muslimin, was nicht bedeutet, sie sei auf das Flaggschiff `Intoleranz` aufgesprungen oder unter die Fahne des `Fanatismus` gekrochen.

Etel war eine Frau gelebter arabischer Mystik, nach innen schauend, horchend die Augen schließend. Sie war eine Frau des Unsagbaren und des Wissens um die Subjektivität, Relativität allen menschlichen Tuns und Lassens.

7. Siebter Abschnitt
In dieser Welt zurechtkommen -
Abu Bakrs Aufzeichnungen

a) Rückerinnerung: Usamas Belehrung
in Sachen Ehe

(1960)   Nach Ende der Hochzeitsfeierlichkeiten auf der blauen Bank im

Zitadellen-Viertel sitzend, auf der schon mein Vater und mein Großvater und vielleicht andere Verwandte nach ihrer Heirat saßen und über Gott und die Welt nachgedacht haben, belehrte mich Vater Usama mit verzagter Stimme:

„Abu Bakre, mein Sohn, jetzt sitzt du mit deiner Gattin Adelheid in einem Boot - als ein Teil im Meer der Geschichte der Menschheit. Die Geschichte der Menschheit ist die Geschichte des Blutvergießens. Nichts ist so erhaben wie Blut. Es gibt keinen einleuchtenden Grund, Achtung vor den Menschen zu haben. Unfassbar ist, was die Menschen mit den Menschen anrichten. Das Blut ist erhaben. Doch erhaben ist nur das Blut. Nicht die Taten der Menschen sind es. Das Wissen darüber, was einmal war, was ist und was sein wird, nimmt dir jede Illusion von der Menschheitsfamilie. Vielleicht wäre alles einfacher ohne Bildung. Jeder ist einer gegen viele. Ärzte heilen, schließen Wunden und stillen Schmerzen. Lehrer belehren ohne nachzudenken und ohne zu erfahren, wofür. Sie

unterrichten Öd-Wissen, fern von dem, was kommt, in der Hoffnung, dass sie ein Weizenkorn gefunden und versteckt haben, das irgendwann einmal unter günstigen Bedingungen aufgehen und Frucht tragen wird, egal wo und weshalb. Beamte erlassen Bescheide, verteilen, geben und nehmen, verhindern und ermöglichen. Der Handwerker baut auf, reist ab und richtet, was die Gewohnheiten der Menschen fordern oder erforderlich machen. Der Bauer ernährt mit harter Arbeit auf Grund und Boden diejenigen, die ihn verachten. Geistliche, Musiker, Dichter, Schriftsteller, Filmemacher, Unterhalter, Wissenschaftler beschenken diejenigen, die in den Tag hinein leben und tragen dazu bei, zu beruhigen, Trost zu spenden, Hoffnung zu geben. Was die einen geben, das nehmen die anderen.

Mein Sohn Abu Bakre, in dieser Welt müssen Du und Deine Gattin Adelheid jetzt zu Recht kommen. Es ist eine Fahrt in die Zukunft, eine Fahrt ins Blaue. Wie jedem

Menschen geht es auch euch um Nahrung, Bekleidung, Gesundheit, Überleben.

Es geht um Knappheit aller Mittel und um deren Verteilung. Du musst dir immer wieder in Erinnerung rufen, dass du ohne Sippe, ohne Familie nichts bist und dass der beste Schutz im Überlebenskampf der Familienerhalt ist. Es ist alles eine Frage der Zeit. Sei niemandes Last, schwöre dem Flittergram ab, vermeide Stinklaune und belangloses Geschwätz. Das sind meine wichtigsten Botschaften."

b) Abu Bakrs Antwort auf Usamas Belehrung

Ich antwortete einfältig: *„Vater, ich wandere mit meiner Gattin ja nicht nach Indien aus, wo Apartheid und Kastenwesen das Menschenbild verunstalten, wo die obere Kaste Kleidung aus Seide trägt und die Unberührbaren in Lumpen gehen, wo nur die Zugehörigkeit durch Geburt zählt. Eine Lebensart, die Weisungen Mohammeds entgegensteht."*

8. Achter Abschnitt
Abu Bakrs Einsamkeit nach Etels Tod
a) Abu Bakr - als Arzt sehr erfolgreich

Abu Bakre Alkaddar glaubte seine Eltern vernachlässigt zu haben. In der Stadt Isra wurde er zunehmend schwermütig und eigenbrötlerisch. Er schottete sich im privaten Leben gegen alles und jedes ab. Beruflich, als Arzt, war er in Isra, in den Nachbarstädten As Suwayda und Bosra für Araber, Christen, Drusen, Kurden und für jedermann weiterhin sehr erfolgreich und angesehen.

b) Usamas Abschiedsbrief an Abu Bakr

„Isra, im Jahr 1984. Abu Bakre, mein Sohn, bewahre dich in der westlichen Welt und verliere dich niemals. Bewahre deinen Glauben. Du wirst dort wenig Gutes finden. Nicht das Auskommen der Menschen mit sich selbst und miteinander zählt dort, sondern das geldwerte Einkommen. Der Wert des Menschen richtet sich nach der Bemessung des geldwerten, vermeintlichen `Verdienstes`, den man man erhält oder

sich nehmen kann oder sich selber nimmt. Jeder ist sich selbst der Nächste. Jeder ist dem anderen einer zuviel. In allem sind sie Dazwischentreter. Kinder und Alte sind eine Last. Die Menschen dort haben keinen Sinn für das Jenseits. Es ist alles Essig. Sie wissen nicht, dass die von ihnen verehrten `Heiligen` fremdländischer Herkunft sind, Maria Magdalena, Veronika und Stephan in Palästina geboren wurden, Katherina, Alexandra und Antonius aus Ägypten stammen, Augustinus, der große christliche Kirchenlehrer im heutigen Tunesien auf die Welt gekommen ist und die heiligen Barbara, Margarete, Georg, Nikolaus und Christophorus in der jetzigen Türkei gelebt haben. Wie sollte man auch erwartungsvoll dreinblickenden Kindern in Deutschland den heiligen Nikolaus als Asiaten aufpappen können oder die heilige Barbara den Bergleuten als Türkin?"

لا و الغرب عـالـم فـي نفسـك إحفـظ ,بكـر أبـو ولـدي
تجـد سـوف و !إيمانـك أحفـظ و ,نفسـك تفقـد
لا فهنـاك .الصـالحة الأمـور من القلـيـل هناك
و نفسـه مع إنسـجامه بمـدى الإنسـان يقيـم
الإنسـان قيمـة .دخله حسب كل بـل الآخـرين مع
الـدخل ذلـك ,المفـترض المـالي دخله وفـق تقـاس
يسـتطيع الـذي أو الإنسـان عليـه يحصـل الـذي
و .هكذا كلهـم و ,لنفسـه يأخـذه الـذي أو أخـذه
فـي زيـادة للآخـر بالنسـبة شخص كل يعتـبر
و الأطفـال أما ,شـيء كل فـي يتـدخلون هم و .العـبء
بالنسـبة هم و ,عبـأ فيعتـبرون السـن كبـار
لاهم و .خل شـيء كل .معنـى بـلا للآخـرين
الـذين القديسـين أصـول بـأن يعـرفون

و المجـدلينا ماريـا إن ,أجنبيـة يحلـونهم
فـي ولـدوا قـد سـتيفان و فيرونيكـا
انتـونيس و الكسـندرا و كاترينـا ,فلسـطين
المسـيحية الكنيسـة معلـم أما ,مصـر من
و ,تـونس فـي ولـد فقـد أوغيسـتينوس الكبـير
تركيـا فـي عاش

(Dokument)

46

II. Zweites Buch
Freundschaft

1. Erster Abschnitt
Freundinnen Francesca, Lea, Nadine und Nayla

a) Nayla und ihre Freundinnen spazieren durch Wien, wo sie studieren

1980. Die zwanzigjährige Nayla, Abu Bakrs und Adelheids Tochter, die herausragend schöne und anmutige, die ziel-

strebige Nayla mit den glänzenden, tief-
blauen Augen, Tochter des Syrers Dr. Abu
Bakr und der Deutschen Adelheid, diese
Nayla, geboren in Isra im südsyrischen
Hauran, kommt bei einem Spaziergang
durch Wien mit ihren Freundinnen Lea
aus Freiburg, Nadine aus Eugenie-les-
Bains und Franzesca aus Venedig vor
Pauls Schweineschnitzel-Gaststätte in der
Pottensteiner Straße zum Stehen.

Nayla liest den Freundinnen laut und
aufmerksam eine mit ungeübter Hand
und weißer Kreide auf eine schwarze
Tafel geschriebene Speisenkarte vor:

*„Unser heutiges Menue: Brotkrume in
fließendem Wasser, Salzkrusten auf Rosenblättern, Kranz von Holunderblütensaft.
Hier kocht Paul selbst."*

Francesca, Lea, Nadine und Nayla schau-
en sich fragend an. *„Der will sich wohl
über uns und alle hungrigen Passanten
lustig machen?"*, sagt Freundin Lea zweif-
lerisch zu Nayla.

Die zweiundzwanzigjährige Lea sieht ihre Kommilitonen Francesca und Nadine herausfordernd an: *„Sollen wir?"* Gemeint ist: Sollen wir hinein gehen und etwas essen?

b) Lea ist Lea

Lea ist Lea. Sie traut sich etwas. Sie fordert heraus. In allen Lebenslagen. Wenn sie als Kind weinte, sagte ihre Mutter: *„Bitte höre auf zu weinen. Was sollen die Leute von uns denken?"* Leas Mutter, Barbara, hat es im Laufe ihres Lebens in Jammern und Stöhnen zu wahrer Meisterschaft gebracht.

Nicht so Lea. Sie erlebte das Jammern, Stöhnen, Krächzen. Keuchen, die Mäkelei, das Nörgeln und `Beschwerde führen` ihrer Mutter von klein auf als ein beachtliches Repertoire nützlicher Lernprozesse und Lebensäußerungen.

„Mutters gesammelte Leiden haben auf jeden Fall dazu beigetragen, meinen Geist

*zu entwickeln und am Leben zu erhalten –
und für das Paradoxe und in sich Wider-
sprüchliche zu schärfen.*"

Lea hat gelernt, Empfindungen ungeniert
hiaus zu lassen, um Mutters Angst vor
fremden Meinungen über sich und das
einzige Kind wach zu halten. Lea ist es
gelungen, ein inneres Bollwerk gegen
Selbstbemittleidung und gegen Jammer-
säcke zu errichten. Das machte sie zu einem selbstbewussten, fröhlichen, autar-
ken Menschen.

c) Gespräche über `Essen`

Nayla liest in Pauls Speisentafel aufmerksam weiter: *„Für unsere werten Gäste:
Speisen, saftig, weich und würzig! Kleines,
eingebröseltes Schweineschnitzel für kleine Esser, 40 Schilling. Großes, eingebröseltes Schweineschnitzel für große Esser, 60
Schilling. Eingebröseltes Monsterschnitzel,
110 Schilling.*

Nayla sieht durch die Fenster des Lokals viele Menschen vor großen Tellern viele, große Schweineschnitzel essen, die weit über den Tellerrand reichen. Die grellen Neonleuchten an der Decke des Raumes machen die Gesichter der Esser und Esserinnen blass.

Nayla muss zwangsläufig an ihren Vater, Abu Bakr, denken, der zu Beginn jeder Hauptmahlzeit, gewissermaßen als Tischgebet, mit gedämpfter Stimme auf Syrisch zu Frau und Kind sagte:

„Essen ist für denjenigen, der isst, eine Quelle des Lebens. Ein Vielesser ist für sich selbst und für diejenigen, die grundsätzlich mäßig essen, eine Strafe."

„Ich esse gerne griechisch!", greift Lea in Naylas Empfindungen ein, *„Aber wenn ich in ein griechisches Lokal in meiner Heimatstadt gehe, nehme ich meine Brille ab, um die gehäuften, randvollen Teller an den Nachbartischen nicht sehen zu müssen.*

Dort isst man gut, sagt man – und meint viel.“

Francesca aus Venedig, die sich ebenfalls in Naylas Befindlichkeit einmengt, erzählt:

„In Venedig kenne ich einen, der im Stadt-teil Castello ein kleines Restaurant führt. Um der touristischen Laufkundschaft das Spaghetti-Essen zu vermiesen, hat er de-monstrativ aus Plastik hergestellte, dun-kelbraune Spaghetti-Gerichte an den Fens-tern des Lokals stehen. Er glaubt, schon im Vorfeld Spaghetti-Esser selektieren zu kön-nen, um so die Gäste für seine alternativen, köstlichen Speisen zu gewinnen, was ihm wohl auch gelingt. Er kocht wirklich sehr gut. Das würde dir auch schmecken, Nayla.“

Die dreiundzwanzigjährige Francesca, Tochter der Venezianerin Giovanna Sza-bo, und des Österreichers ungarischer Abstammung Tadeusz Szabo, geboren in Budapest, beide mehr in Wien als in Venedig wohnend, beide in der Schauspielerei tätig, hat in Kindheit und Jugend wenig von ihren Eltern mitbekommen.

Ihren Vater erlebte Francesca als einen flegelhaften, ungeduldigen, immer unzufriedenen und oft verärgerten Groberjahn, der ihre Mutter, wenn er gelegendlich mit Mutter zuhause war, mit Worten wie *„Du bist ein Auswurf von Frau"*, oder *„Wenn eine Frau nicht kochen kann, dann sollte man sich scheiden lassen."*, oder *„Du solltest bloß mal krank werden!"*, beschimpfte.

Das waren alles Ausagen, die Francesca in ihrer Kindheit als bedrohlich erlebte, aber in den Inhalten, so jung wie sie war, nicht verstand.

Den `Außenstehenden` gegenüber konnte ihr Vater Tadeusz ganz anders sein.

Er gebrauchte oft und mit freundlicher, fast quitschender Stimme, Standards wie *„Gott segne sie! Küss´ die Hand, Madam!*

Bleiben sie gesund und so schön, wie sie sind!"

Francescas hauptsächliche Bezugsperson in Kindheit und Jugend war ihre Gouvernante, Rafaela Lodi, eine von schweren Schicksalsschlägen heimgesuchte alte Dame, die in den Kriegswirren ihr leibliches Kind verloren hat.

Rafaela liebte Francesca über alles. Sie war immer für sie da. Sie war es, die als einzige Person Tadeusz ihre Meinung sagen und – wenn es dick kam – ihn zum Schweigen bringen durfte. Sie konnte echt scharfzüngig sein.

Kinderfrau Rafaela zu Francescas Vater Tadeusz; *„Meine Mutter hat immer gesagt, wer langsam, ineffizent oder pedantisch arbeitet, oder wer die Arbeit innerlich schon gekündigt hat, ohne die Konsequenzen zu ziehen, der jammert und stöhnt viel und muss ständig Ausreden für schlechte Leistungen erfinden. So einer bist du, Tadeusz!"*

Francesca: *„Wie Recht sie hatte. Bei allem Respekt für meinen Vater. Es sind seine Probleme."*

Ein andermal: *„Wer beim Essen über Speisen nörgelt, verdirbt den anderen den Appetit und macht sie zu Opfern. Das steht dir nicht zu, Tadeusz!"*

Manchmal sagte sie zu Tadeusz auch nur: *„Halt den Mund!"*

Nayla, geprägt von traditionellen muslimisch-arabischen Gepflogenheiten und Wertvorstellungen ihres geliebten Vaters Abu Bakre, wird beim Lesen der Speisenkarte und während sie die vielen Leute die vielen, großflächigen Schnitzel essen sieht, blass. Sie schwankt leicht.

Nayla zu ihren Freundinnen: *„Lea, Francesca, Nadine, lasst uns in das Café gegenüber gehen und einen Espresso trinken. Sei mir nicht böse, Lea, aber mir ist, während ich durch das Fenster schaute, von* *den Schweineschnitzeln ganz schlecht geworden!"*

„Essen ist keine Schande!" rechtfertigt Nayla später bei den Freundinnen ihre spontane Unpässlichkeit, während alle vier Frauen sich an einen von der Sonne beschienenen blauen Tisch im Freien setzen.

„Mein Vater Abu Bakre fasste einmal seine Vorstellungen von gesunder Ernährung so zusammen: „Unsere täglichen Speisen seien gutes Öl, Milchprodukte und Honig, Dinkelprodukte, Obst und Beerenfrüchte, ein wenig Gemüse und Fisch!"

„Et un peu de vin, und ein wenig Wein!", ergänzte die Französin Nadine eigenmächtig.

„Vermeide alles Fleisch von Tieren mit vier Beinen!", hat mein Vater mir geraten, was manchmal den Widerspruch meiner Mutter, Adelheid, erregte. Sie war weniger konsequent.

Nayla schiebt nach: *„Essen ist wohl die Beschäftigung, mit der man Geistesbildung und religiöse Empfindungen, Gastfreundschaft und musisches Interesse verbindet. Das Ritual Essen hat unterschiedliche Wirkungen. Dem einen hilft Essen, Sorgen abzuschütteln oder zu verdrängen und sich auf das Notwendigste zu konzentrieren, dem anderen ist Essen Anlass zur Begegnung, zu Gespräch, Geselligkeit und Wohlergehen. Wer beim Essen ermüdet, kann solchen Inhalten zum rechten Zeitpunkt nicht nachkommen."*

Nadine: *„Ich habe beobachtet, dass in Deutschland beim Essen viel über Essen gesprochen wird, über `Gesund` oder `Ungesund`, über `Vergiftet`` oder `Mit Rückständen belastet`. Das ist bei uns in Frankreich nicht so. Das kann doch nicht gut sein, wenn man gemeinschaftlich isst und gleichzeitig bespricht, ob das Essen gut ist oder schädlich. Bon Appètit wird dann une farce."*

d) Gespräche unter Frauen im Café

Lea versucht ihre Freundinnen auf ein anderes Thema als `Essen` zu bringen.

„Frauen in den Wechseljahren sind erstklassige Jammerinnen, aber auch Hypochonder und chronische Querulanten sind Jammerer. Mein 82jähriger Großvater jammert am liebsten, wenn meine Eltern zuhören. Wir Deutschen neigen überhaupt zu Stöhnen und Jammern, schon bei geringstem Unbehagen, bei zweitrangigen Beschwerden. Vielleicht meine ich das auch nur."

Nadine: *„Man hat mir gesagt, die Deutschen stöhnen und jammern schon bei geringfügigen Leiden!"*

Der Ober bringt die vier bestellten Espressi.

Francesca neugierig: *„Sie sind Italiener?"*

Der Ober: *„Nein, nein, ich bin Kosovo-Albaner. Sehe ich aus wie ein Italiener? Ich heiße Agron.*

Lea: *„Eigentlich schon. Schwarze Haare. Dunkle Augen. Freundlich – einfach irgendwie anders.“*

Agron: *„Nein, meine Eltern sind schon 25 Jahre in Österreich. Ich bin im Kosovo, in Novo Brdo bei Prisina zur Schule gegangen, bis zum sechszehnten Lebenjahr; dann bin ich hierher gekommen. Jetzt bin ich hier, um zu arbeiten. Haben die Damen noch einen Wunsch?“*

Francesca, Lea, Nadine und Nayla verneinen. Der Ober entfernt sich leichtfüßig.

„Er spricht gut deutsch.“, sagt Nayla. *„Er schaut einen wenigstens an, wenn man eine Bestellung aufgibt!“*, sagt Nadine.

e) Naylas erster Kontakt mit Paul

Nayla, der die Speisetafel an Pauls Schnitzelkneipe keine Ruhe lässt, sieht vor dem Lokal einen pummeligen Mann in weißer Kochkleidung stehen, der sich mit dem Geschirrtuch den Schweiß von der Stirn wischt und sich hernach eine Zigarette anzündet.

„Das ist sicher der `Hier kocht Paul selbst`. Ich gehe mal hinüber zu ihm.“, sagt Nayla zu ihren Freundinnen.

Paul ist äußerlich anders als die meisten anderen Menschen. Fast alles an ihm ist rund. Das Gesicht, die Augen, die Augenbrauen, wenn man den Kreis zu Ende denkt, die Mimik, die Gestik, alles ist rund.

In Ruhestellung bildet der Mund mit dem Kinn einen Kreis. Wenn Paul lacht, bilden die Lippen mit der Stirn ein Rund.

Paul sieht Nayla erwartungsvoll an: *„Er zündelt mit den Augen!"*, denkt Nayla.

Aus der Küche, durch die offene Seitentüre, weht Speisengeruch. Geräusche von klapperndem Geschirr, zischendem Fett. Es entsprich zwar nicht der syrischen Mentalität, als Frau direkte Fragen an einen fremden Mann zu stellen, aber Nayla versucht es trotzdem, sich selbst Mut zu sprechend.

„Sind sie der `Hier kocht Paul selbst`?", fragt Nayla höflich, weil sie den Mann sympathisch findet.

„Einfach Paul!", antwortet Paul. *„Was kann ich für dich tun?"*

Nayla: *„Paul, du unterscheidest auf deiner Speisentafel ausländische Gäste und Ausländer. Schau hier: Speisetafel für Ausländer. Worin siehst du den Unterschied?"*

f) Nayla kann sich mit Pauls Art anfreunden

Pauls züngelnde Augen antworten: „*Mach dir nicht ins Hemd, Kleine. Ich bin ein Spassvogel. War bei der Fremdenlegion. Kenne die Welt in- und auswendig. Das soll nur heißen: `Vorsicht Schweinefleisch!`. Nichts `Ausländerfeindliches`, wenn du das meinst.*"

Paul wischt mit dem Geschirrtuch den Teil für Ausländer von der Speisetafel. „*Jetzt zufrieden?*", fragt er Nayla.

Wieder diese züngelnden Augen. Nayla kann sich mit Pauls Art anfreunden, trotz des ihn umgebenden intensiven Schweinefettgeruchs.

Paul: „*Ich bin 25 Jahre alt, Deutscher, seit 2 Jahren in Wien, aber noch keine hat mich bis jetzt nach meiner Gesinnung gefragt. Mutig, Kindchen, mutig. Ich sag´ dir was: Das passiert mir nicht jeden Tag, dass man von einer so schönen Frau wegen des*

Schweinefleisches angesprochen wird. Wo kommst du her, Mädchen? Saudi Arabien, Dubai? Derzeit haben wir viele Araber in Wien."

Nayla: *„Aus Deutschland, eigentlich aus Syrien. Ich bin Syrerin."*

Pauls Gesichtskreis schließt sich entspannt nach unten: *„Du siehst wirklich gut aus. Ich muss jetzt wieder rein in die Küche. Du siehst ja, mein Geschäft lebt von toten Schweinen. Die Schnitzel kommen prima an. Die Gäste, die zu mir kommen, wollen keine Brotkrume in fließendem Wasser, Salzkrusten auf Rosenblättern, Kranz von Holunderblütensaft. Es hat sich herumgesprochen, dass man in `Pauls Schweineschnitzelwerkstatt` solche Monster von Schnitzeln bekommt."* Er zeigt die Größe mit den Armen.

g) Francescas, Leas und Nadines Neugierde

Erwartungsvoll Gesichter bei den Freundinnen. Nayla wechselt zufrieden die Straßenseite, um zu berichten, Paul sei ehemaliger Fremdenlegionär, kein Ausländer-Hasser und sehr sympathisch.

h) Eine Schüssel und vier Holzspießchen

Ein paar Minuten später kommt Paul mit einer Schüssel und vier Holzspießchen über die Straße ins Cafè:

„Den Damen eine Spezialität von ˋPauls Schweineschnitzelwerkstattˋ. Er stellt eine gelbe Schale auf den blauen Tisch, in die Tischmitte. *„Gehackte, grüne und schwarze Oliven, Kresse, Ziegenkäsewürfel, Peperoni, Zwiebeln und ein klein wenig Knoblauch. Lasst es euch schmecken!"*

„Hallo, Agron!", begrüßt Paul den kosoalbanischen Ober, der unaufgefordert ei-

ne zweite Runde Espressi bringt. Sie kennen sich.

Nadine: *„Nayla, du kannst dich deines Lebens freuen und nach allen Regen der Kunst zulangen."*

2. Zweiter Abschnitt
Lea entdeckt ihre Liebe zu Francesca

a) Ein Glückstag

Wien, 2. Oktober 1984. Mit ausgestreckten Armen, die Lippen zum Küssen geformt, ihre Lebenslust versprühend, eilt Francesca auf mich, ihre Freundin Lea zu. Glückstrahlend. Sie wirft sich in meine Arme, als wäre sie vom Herbst-sturm zu mir geschleudert worden.

„Ich bin glücklich! Ein Glückstag! Geschafft! Lea, ich habe mein Diplom in Romanistik in der Tasche."

Sono felice! Che giorno meraviglioso per me! Ce l'ho fatta. Lea. Finalmente mi sono laureata!

Aus ihrem Mund dringt ein zufriedenes *„Geschafft!"*.

„Gratulation, Francesca!" sage ich und küsse sie auf den Mund. Das Zucken eines gigantischen Blitzes fährt in meinen Körper, zerreißt meine Schutzhülle, die ich mir mühsam angelegt habe, um gewisse Begierden nicht aus mir heraus und Francesca nicht in mich hinein zu lassen.

„Oh! Francesca. Es ist Zeit für das Glück. Ich spüre deinen Herzschlag, deine Haut, dein frisches Haar. Oh! Francesca!"

b) Ich liebe dich!

„Oh! Francesca. Kraftvolle erotische Empfindungen weckst du in mir. Meine Blikke reichen tief in deine Augen. Ich lasse dich nicht mehr los, bis mein Verlangen

nach schlaflosen Nächten mit dir gestillt ist."

Francesca lässt ihre Arme fallen. Regungslos stellt sie sich nur einfach so an mich. Es ist Zeit für das Glück. Der Herbststurm fegt durch den Krefelder Grund und wirbelt braune, gelbe und rote Blätter durch die Luft.

Im Geräusch des Windes ein leises *„Ich liebe dich!"* Ti amo, Lea!

c) Francesca ist eine starke Frau

Mit Bestimmtheit weiß ich: Francesca ist eine starke Frau, stark nicht gleichbedeutend mit männlicher Stärke, mit `Wie ein Mann`.

Um als Frau stark zu sein, ist es nicht erforderlich, Krawatte und Nadelstreifen-Anzug zu tragen, in Beruf und Arbeit brüskierende Entscheidungen zu treffen, herum zu kommandieren und generell weibliche Eigenschaften abzulegen. Mit

Stärke der Frau würde ich eher `Mut haben in einer von Männern dominierten Gesellschaft` gleichsetzen.

Francesca bezieht zuweilen kritisch Position, manchmal aggressiv-kritisch, und sie beobachtet genau. Man kann sie einfach nicht übergehen. Ihr Natürlichkeit, ihr Kampfgeist und ihre oft schockierende Art und Weise, jedem, der es hören will oder nicht hören will, unverblümt ihre Meinung zu sagen, ob diese zutrifft oder nicht, haben mich oft verblüfft, mitunter in Verlegenheit gebracht.

Im Café Mozart, während einer vorweihnachtlichen Feier mit Professoren, Professorinnen und Kommilitonen unserer Fakultät fragte ich sie einmal: *„Francesca, wie würdest du eine schwache Frau beschreiben?"*

Francesca heiter: *„Da musst du Männer fragen. Diese wissen: Am schwersten hat `Mann` es mit einer Frau, wenn der Mann nur solange Liebe verschenkt, solange sie* *diese erwidert. Am einfachsten hat es 'Mann' mit einer Frau, wenn er diese links liegen lässt. Folge: Die Frau ist von der Erfüllung ihrer Pflichten abgehetzt und nur noch Schatten ihrer selbst. Mannesliebe versiegt, wenn ihr Fleisch hart und dürr wird, wenn sie qualvoll, sich duckend, magert. Es ist die Eigenheit vieler Frauen, dass sie schon nach wenigen Jahren ihrer Ehe sich dem Wortschatz ihrer Männer angleichen."*

Ich widerspreche: *„Du glaubst doch nicht im Ernst, dass alle Frauen sich nur über ihre Ehemänner definieren?"*

Francesca: *„Ich hatte eine Schulfreundin. Petra hieß sie. Sie lebte behütet und ohne Herausforderungen in ihrer leiblichen Familie und war dort gut versorgt. Niemals würde Petra Schritte nach draußen gewagt haben, wenn ein Mann nicht um ihre Hand angehalten hätte. So tauschte also Petra die eigene Familie gegen ihren Mann. Sie bekam Kinder, aber die Ehe hielt nicht, und Mann und Frau versprachen*

einander in einem so genannten Rosen-
krieg sich gegenseitig zu vernichten. „Ich
mach dich platt!", sagte er. „Ich will eine
sichere Versorgung!", sagte sie. Beide
blieben trotz Zerwürfnis, Zank und Hass, in
Reichweite zueinander, um keine Gelegen-
heit zu verpassen, sich zu demütigen. Er
wartete, dass sie für immer aus seinem
Leben gehe. Sie wartete, bis sie einen Mann
fände, zu dem sie hinüber wechseln könne.
Aus eigener Kraft fand sie keinen Weg aus
der Misere."

III. Drittes Buch
Code-Name Saatkrähe

1. Erster Abschnitt
Paul und Nayla haben geheiratet und führen ein Restaurant in Paris.

a) Für Feinschmecker und starke Esser

Neujahrstag. Sonntag, der 01.01.1986. Pauls und Naylas Restaurant in Paris, in der Rue de Moallakat, ist eine reffinierte Konstruktuion von `Gasthaus für Feinschmecker` und `Gasthaus für starke Es-

71

*ser*ˋ. (Auberge pour Gourmets et Auberge pour gros mangeurs) in getrennten Räumen, jedoch unter einem Dach.

Das Restaurant befindet sich in einer schmucklosen Nebenstraße der Rue Georges Poisson. Wie zuvor in Wien, wo Paul eine Art Wiener Beisl, eine ˋ*Pauls Schnitzelwerkstatt*ˋ führte, setzte sich hier in Paris sein Spaßvogel-Charakter durch.

Das Restaurant hat von der Straßenseite her zwei Eingänge zu zwei voneinander getrennten Räumen.

Von der Straße kommend, über dem Eingang rechts, steht ˋ*Restaurant Lichtstreifen*ˋ (Restaurant Filet de Lumière). Über dem Eingang links hängt ein Schild, ˋ*Pauls Schweineschnitzelwerkstadt*ˋ.

Der Gastraum rechts fasst gut 60 Personen gleichzeitig, der Gästeraum links höchstens 30. Wie damals in seiner Gaststätte in Wien ist am Eingang rechts eine

Speisetafel mit nur drei Gerichten zur Wahl ausgelegt:

„Für unsere werten Gäste! Speisen, saftig, weich und würzig. Kleines, eingebröseltes Schweineschnitzel für kleine Esser, 13,12 Französische Franc. Großes, eingebröseltes Schweineschnitzel für große Esser, 19,68 Franc. Ein eingebröseltes Monsterschnitzel, 26,24 Franc. Alle Gerichte mit Pommes und Salatbeilage."

Im Restaurant-Eingang links ist keine Speisetafel angebracht und sind keine Speisenkarten ausgelegt, weil nach Auffassung des Paul jedes seiner Gerichte in der Gourmet-Abteilung links ein einmaliges, unwiederbringliches Koch-Kunstwerk, entsprungen seiner aggressiv-kreativen Vorstellung, ist, das erst bei der Repräsentation für den jeweiligen Gast seine volle Wirkung für Auge, Herz, Verstand und Magen entfaltet.

Der Kern von Pauls kochkünstlerischem Arrangement ist die Inspiration und Interpretation der vom Gast selbst offenbarten Wünsche. Paul erfindet jedoch nicht irgendwelche Gerichte. Er bearbeitet auf höchstem Niveau, was der Gast wünscht, wonach dem Gast zumute ist. Der Gast soll, so meint Paul, beim Anblick der eigens für ihn zubereiteten Speise einen bleibenden ästhetischen und geschmacklichen Eindruck behalten, in Bildern. Deshalb gibt es hier, im Gourmet-Bereich, keine Speisekarte.

Bevor Paul ein Konzept für ein Gericht entwickelt, bildet er sich eine Meinung vom jeweiligen Gast, und er erstellt eine Diagnose.

„Weniger ist mehr!" (Mieux vaut en servir moins!), ermahnt Paul seine Gäste. Und: *„Viel ist schnell vergessen!"* (Beaucoup est vite oublié!). Das Konkrete auf dem Teller soll für die Veranschaulichung des Abstrakten sorgen. Assoziationen zu Kartoffel sind immer Abstraktionen, die nicht wirklich verkonsumiert werden können. Hier übertreibt Paul wahrscheinlich ein

wenig. Oder der Schalk sitzt ihm im Nakken.

Die Kartoffel ist, wenn sie in Pauls Hände kommt, das Bild einer Kartoffel. Nicht mehr die Kartoffel selbst. Aber das alleine wird den Gourmet nicht überzeugen. Paul stellt sich auch als Zauberkünstler dar, der nur schwer ertragen kann, wenn andere mit seinen Zauberkünsten das Kochen erlernen wollen. Deshalb gibt es für ihn keine Rezepte. Wenn ein Gast, um Paul zu gefallen, nach dem Rezept für die wunderbare Speise fragt, hält sich Paul demonstrativ die Ohren zu, oder er ergreift die Flucht in die Küche.

Wie Paul und Nayla in Paris 1986 das Doppel-Restaurant `Lichtstreifen` sowie `Pauls Schnitzelwerkstatt` feierlich eröffneten, stellte Paul sich selbst auf öffentliche Plätze oder vor Behördeneingänge, um Prospekte, die Nayla entworfen hatte, für Feinschmecker und starke Esser zu verteilen. Paul verstand sich als Pionier.

Das Restaurant `Pauls Schnitzelwerkstatt`, Eingang rechts, wird überwiegend von deutschen Touristen besucht. Im Restaurant links, `Lichtstreifen`, verkehren alle jene mit philosophischem Bewusstsein!", sagt Paul.

Nach seiner Meinung kann es durchaus ein gemeinsames Dach für Feinschmekker und große Esser geben, solange sie getrennt dinieren: Paul sieht die Erscheinung des starken Essers (gros mangeurs) nicht als eine Negativ-Erscheinung, geschweige denn verächtlich. Was die Gäste des einen von denen des anderen Restaurant-Abteils unterscheidet, ist vielleicht das: Die Schnitzelvertilger erscheinen anonym und verschwinden wieder in die Anonymität. Die wählerischen Gäste der Gourmetabteilung repräsentieren sich in ihrer Individualität und hinterlassen einen differenzierten Eindruck von sich.

Seine Gourmet-Abteilung, meint Paul, sei eine sakrale Klause (la Cellule Sacrée).

Die Abteilung für starke Esser, sei die profane Klause. *„Das sakrale Refugium ist mir heilig, das profane ist notwendig!"*

Gast sein links ist eine religiöse Lebensform, Gast sein rechts ist ein gesllschaftliches Muss, um Grundbedürfnisse zu befriedigen. Das eine ist nicht besser als das andere, nur eben anders.

Ganz konnte Paul seinen Spassvogel-Charakter auch im Gourmetlokal nicht verbergen. Auf einem an der Türe angebrachten, riesigen Kochlöffel, ist in Kleinbuchstaben zu lesen:

„Unsere Spezialität: „Brotkrume in fließendem Wasser, Salzkruste auf Rosenblätern, Kranz von Hollundersaft. Hier kocht der Chef selbst!"

(Notre Spécialité: Miette de pain à l'eau courante; crôute de sel sur pétales de roses, couronne de jus de sureau. Le chef en personne cuisine icci pour vous!).

Zu Paul wäre noch zu sagen: Seine kindliche Neugierde für die Welt und ihre Geheimnisse ist unglaublich. Er kann sich im Interesse für Mitmenschen wie in einem Glücksspiel total verlieren, was bei ihm hohe Kreativität erzeugt. Wer ihn kennt, weiß: Ohne Versessen zu sein, ohne Besserwisserei, jedoch verschmitzt und mit Humor, schwimmt er tatenkräftig gegen den Strom an, in bodenlosem Schöpfungsdrang – was immer das auch heißen mag.

Niemanden empfindet er als störend, als Nervensäge. Er lässt sich alleine von seiner krindlichen Natur leiten. Paul entwickelte sich mit den Jahren aus sich selbst heraus. Er ist ein Autodidakt. Er verfügt über eine starke, gesunde Natur. Wegen seiner Distanz zu Schubladendenken und Konventionen aller Art lebt er im Einklang mit Natur und Umwelt.

b) Rückblickend: Nayla will Paul heiraten, 1984

„Willst du in deinem vierundzwanzigsten Lebensjahr wirklich einen Schnitzel-Brater heiraten?", fragt mich mein Vater. In dieser Frage klingt keine Geringschätzung mit. Das sei ausdrücklich erwähnt.

Abu Bakre: „Ich schätze Paul ja und deine Mutter Adelheid findet ihn sogar nett und vergnüglich. Er ist ein Komödiant, einer, der die Gepflogenheiten der Menschen kennt, aber nicht ernst nimmt. Er lebt außerhalb aller Konventionen. Er ist kein typischer Deutscher."

In syrischer Sprache fährt mein Vater fort: „Du bist meine einzige Tochter, mein einziges Kind, gebildet, in zwei unterschiedlichen, in sich widersprüchlichen Kulturen, der muslimisch-arabischen und christlich-europäischen groß geworden, in unsere Großfamilie, zugleich in unsere traditionell-liberale Sicht der Welt eingebunden, und du hast eine wilde Natur."

Vater sieht mich forschend an: *„Unser ferner Verwandter, Muheddin Sheikh Biro schickte schon zweimal eine Boten, einen Freund, den Heiratsvormund, um einen Heiratsantrag nach deinen Wünschen und die Brautgabe auszuhandeln und um seinen Willen zu einer Verbindung mit dir, unserer und seiner Familie kundzutun. Er kennt dich von klein auf, ist humorvoll, hat eine beträchtliche Portion Gelassenheit, und er ist wohlhabend, was man nicht unterschätzen sollte. Er ist in Damaskus wegen seiner politischen Ämter geschätzt. Er böte dir ein geordnetes Leben, höchst möglichen Schutz, Geborgenheit und gesellschaftliches Ansehen. Die Ehe wäre dir ein Gewand und ihr beide wäret uns ein Gewand. Sie schützt euch gegenseitig, beruhigt, behütet und macht Mut. In ihr sind Geheimnisse und Schwächen gut aufgehoben. Du weißt, Nayla, ich will nur dein Glück, damit du Liebe und Warmherzigkeit findest!"*

Vater Abu Bare bekräftigt seine Worte: *„Liebe ist nicht, sich ständig anzuhimmeln,* *sondern gemeinsam eine Richtung einzu-schlagen; sie ist nicht, sich auf der Pelle zu sitzen, sondern an etwas und für jeman-den zu arbeiten. Nach dem Verständnis des Islam darf ein Muslim eine Christin hei-raten. Eine Muslimin darf jedoch aus-schließlich einen Muslim heiraten, streng genommen."*

Während Vater so spricht, studiert er mit großer Genauigkeit meine Mimik, hof-fend, er finde wenigstens ein Spur von Unsicherheit in meinem Entschluss, Paul zu heiraten.

Ich: *„Ich bin fest entschlossen, Paul zu hei-raten!"*

Mutter hält sich da raus. Vielleicht aus Respekt vor der bewährten Umsicht und Urteilsfähigkeit meines Vaters.

„Nayla ...,", sagt mein Vater abschließend, *„du musst wissen, dass deine Mutter und ich im Frühjahr 1986 für immer nach*

Syrien, nach Isra zurückkehren werden. Du wirst dann alleine auf dich gestellt sein."

Als mein syrischer Vater, Abu Bakre, und meine deutsche Mutter, Adelheid, geborene Mayer, im Jahr 1960 nach syrischem Recht heirateten und Mutter die syrische Staatsbürerschaft annahm, kam das bei unseren syrischen Verwandten wie ein verheerender Sturm voller Unverständnis rüber. Das syrische Eherecht lässt eine Ehe zwischen einem Muslime und einer Christin zu. Aber ist sie deshalb von Muslimen gewünscht?

Nachdem Mutter zum Islam konvertierte, glätteten sich die Wogen wieder, und aus dem Sturm wurde ein leichstes Lüftchen, das alle syrischen Verwandten in frühlingshafte Erwartungen und schließlich zu einem großen Versöhnungsfest in Isra zusammen führte.

Mit dem Zungenbekenntnis zum islamischen Glauben und für Allah und seine Propheten, `kelime-i-sehadet` und mit ehrlichem Herzen trat meine Mutter dem Islam bei.

... Man feierte drei Tage. Die Frauen schmückten meine Mutter mit roten Bändern und Tüchern. Die Oud mit ihrem weichen, schmelzigen Klang spielte zum Tanz auf. Es wurde gesungen und gelacht. Meine deutschen Verwandten nahmen zum Bedauern meines Vaters an den Feierlichkeiten nicht teil. Sie unterstellten meinem Vater, er habe meine Mutter einer Gehirnwäsche unterzogen, sie ohne ihr Wollen zur Muslimin gemacht. das erzählte mir Mutter.

Nur Onkel Willi hielt damals und hält heute noch Kontakt mit meiner Familie. Er ist ein wenig wie Paul. Für ihn sind Religionen, Kulturen, Traditionen nur Lebensbewältigungsstategien, die in Maßen betrieben, für jedermann nützlich und verkraftbar sind. Auf religiöse Dogmen und Ideologien ist er allerdings nicht gut zu sprechen. Willi und mein Vater sprechen sich mit `Bruder` an. Willi ist wegen seiner Menschenkenntnis, seiner unglaublichen Fähigkeit, zuzuhören, seiner Toleranz und wegen seines Urteilvermögens, aber auch wegen seiner beruflichen Erfolge als Wissenschaftler eine Institution. Er ist sich selbst der Letzte.

„Ich bin mir dessen bewusst, dass wir nicht in einer heilen Welt leben und allen Grund zur Sorge haben."

c) Rückblickend: Naylas feierliches Versprechen

Nayla: *„Das verspreche ich dir, Paul: Solltest du jemals eine andere haben und jeden Reiz dazu, bin ich dir keine Gattin mehr und keine Freundin. Ich wünsche mir, deine Ehefrau zu sein. Du bist es, den ich will, beim christlichen Gott und bei Allah. Schwören musst du, dass du mich niemals verlässt. In sha Allah!"*

d) Rückblickend: Hochzeitsreise

Francesca hatte ihre Freundin und Paul nach Italien zu einer Hochzeitsreise eingeladen, ins Po-Delta, nach Mésola und in die Lagunen von Comaccio, in ihre liebst Gegend.

Eine bezaubernde Landschaft, geschaffen für eine Liebeserklärung: Im milchigen Licht erhebt sich eine Schar Saatkrähen in den Himmel. Meer, Flüsse, Kanäle. Röhricht vor der aufgehenden Sonne. Vom Ruf der Enten, Gänse und vom Schnattern der Moorschnepfen unterbrochene Stille. Der Flug der Komorane. Hinwendung zu Östlichem, in Fantasien, in üppigem und ungebändigtem Leben.

Eine orientalische Landschaft? Vereinigung von Meer, dessen Wasser und dessen Früchten, von Flussarmen und der mit Vielfalt, Fauna und Flora schweren Erde. Pinienwälder. Das dunkle, undurchdringliche Grün der Oasen.

Nayla: *„Paul, mein Geliebter, zufrieden bin ich mit dir im Innersten. Dein Körper ist süß. Du gehst leichten Schrittes. Großmut über allem!"*

Ruhige, brackige Lagune. Sachte und leise der Wind. Diesig und mit kreisenden Möwen geschmückt der Himmel.

Francesca bricht am Ufer das Schilf. Ihr Singen geht zart in die Halme.

Nayla: *„Ich verzehre mich nach dir, Paul. Schnell, gib mir einen Kuss! Für dich ist mir nichts zu schwer. Alle Tage und Nächte werde ich mit dir zuende gehen."*

2. Abschnitt
Naylas Kränkung und Flucht

a) Nadines Brief an Francesca

... Nadine in einem Brief an Francesca: *„Paris, 1988. Nur eine halbherzige sexuelle Vereinigung, nicht einmal ein guter Sex war es. Und ich habe in Paul einen guten*

Freund verloren. Ich kenne Paul nun schon viele Jahre. Jedes Wiedersehen, jeder Abschied bescherte den Reiz einer freundlichen, Zuneigung signalisierenden Umarmung. Wir waren Freunde.

Niemals mehr werde ich, wie das zuvor der Fall war, wieder unbefangen und vertraut freundlich mit Paul umgehen können. Der Mann, der verbergen muss, dass er dich nahm, ehrt dich erst dann wieder, wenn du tot bist. Erwarte dir keine letzten Worte zur Klärung einer Affäre. Nur wirkliche Liebe hat das letzte Wort.

Ich erregte mich in vermeintliche Höhen, legte mich auf den Rücken, blieb so liegen, ohne Genugtuung erfahren zu haben. Ich ging schließlich leer aus. Woran hätte ich mich auch laben sollen? Genau betrachtet, war ich es, der gewollt hat.

Bis dahin von der Vorstellung geleitet, niemals etwas mit Freunden oder dem Mann deiner Freundinnen anzufangen, wäre mir nicht im Traum eingefallen, mich zwischen

Nayla und Paul zu drängen und zwischen begehrlicher, sowie körperlicher Liebe und freundschaftlicher zu vermengen.

Mein Ausrutscher, so will ich die Affäre mit Paul heißen, scheint mir, ohne mich entschuldigen zu wollen, im Nachhinein betrachtet, ein Notbehelf. Weil ich im Zustand einer tiefen Krise, die ihren Ort ganz woanders hat, die Kontrolle über mich verloren habe.

Dazu kommt, dass die Situation, in der Paul und ich uns im wahrsten Sinn des Wortes begehrlich ergriffen hatten, eine zufällige war, eine im Dunkeln und von Publikum befreite.

Auch Paul konnte nicht mehr zwischen Sein und Haben trennen. Anstelle der jahrelang gewachsenen Vertrautheit mit Pauls großartigem Wesen trat plötzlich und eindringlich Pauls Körper, den ich haben wollte und doch auch wieder nicht, und mein eigener, weiblicher Körper, der von Edmund, meinem Gatten, nicht mehr bemerkt oder einfach tabuisiert wurde."

b) Hier spricht deine Frau, Nayla

Naylas Brief an Paul, am 01.01.1988.

„Paul, hier spricht deine Frau Nayla. Wenn du diesen Brief liest, bin ich schon auf dem Weg nach Syrien, zu meinem Vater, der mich besorgt erwartet. Besser ein krummer, kleiner, buckeliger Ehemann mit O-Beinen, wenn er nur mit beiden Beinen auf dem Boden der Wirklichkeit steht, als einen, der mich betrügt. Bei unserer Heirat habe ich gesagt: Schwören musst du, dass du mich niemals verlässt. Zufrieden war ich mit dir von ganzem Herzen. Was in deinen Leib gefahren sein mag? Keinen schöneren Ort gab es in meinem Leben als den der Hingabe, keinen erhabeneren als den der Vereinigung mit dir. Wie ein geprügeltes Dromedar bin ich weg gerannt. Denke nicht mehr an Paul, deinen Gatten. Denke nicht mehr an Pauls heiteres Lachen, an die Zeiten erster Be-

gegnung in Wien. Nichts gibt es mehr, auf das ich zählen kann, nach all den glücklichen Jahren. Nach dem Erwachen in der Nacht vom 31.12.1987 auf 01.01.1988 werden wir uns wohl kaum wiederfinden. Du hast Nadine in unser Bett gebeten. Wie ich dich auf ihr liegen sah, da habe ich selbst Lust verspürt. Dein Begehren in ihrem Schoß, die Umarmung gleich einer Schlange, brach mir das Herz. Eine gute Figur hat sie. Ihre Hingabe hält viel Vergnügliches für dich bereit."

c) Ich spüre kein Hassgefühl

Am 02.01.1988 verlässt Nayla gedemütigt und tapfer mit dem Flugzeug Paris, um nach Isra zurückzukehren. Verloren ist ihr sonst ausgelassenes, fröhliches Wesen, das sie bei Freunden und insbesondere bei den Gästen in Pauls Restaurant auszeichnete. Ihre ursprüngliche Art war von großer Eleganz.

Sie spürte keine Hassgefühle gegen Paul. Doch sie war sich im Klaren, sie würde keine Wunder bewirken können, ihre Ehe zu retten. Die ergebene Freundin Nadine eine Rivalin? Nadine, in den Augen aller eine kultivierte Frau, Ehefrau und Mutter? So sehr Nayla während des Fluges nach Syrien auch sinnerte, sie konnte keinen konkreten Grund für Pauls Untreue, keinen existenziellen Zweifel, keinen symbolischen Akt, keinen ästhetischen Aufruhr finden.

d) „Ich bin von Geburt an geadelt!"

Naylas zweiter Brief an Paul.

„Izra, am 21.04.1988. Lieber Puul, da es mir unmöglich ist, von hier aus unbesehen einen Brief an dich zu bringen, habe ich diesen mit der Pariser Adresse, Square Stephan Tôlier, Maisonette 21, an Lea gesandt und von meinem 11jährigen Cousin Ahmad, der mich anhimmelt, auf den Postweg geben lassen. Ich bin sicher, meine Freundin Lea wird dir diesen Brief aushändigen.

Paul, ich wollte, ich wäre tot. Als ich dich wegen Nadine verließ (Inzwischen weiß ich, das mit ihr war nur ein Ausrutscher von ihr), empfand ich das genau so, wie jetzt. Nach meinem Abflug von Paris sagte ich mir immer wieder, ich wollte, ich wäre tot. Die Flucht, die Trennung von dir, die Tatsche, dass ich hier in Syrien als Verstoßene gelte - und doch wieder nicht - legt mir den Entschluss nahe, aus dem Leben zu scheiden. Vaters Zirkel von Verwandten und Freunden hegt den Ehrgeiz, mich durch eine geschäftsmäßige Heirat, mit einem schriftlich fixierten Ehevertrag zu verheiraten. Private Ehen zur Wiedereinsetzung der Ehre einer Frau scheinen in Syrien üblich. Meine Ehe mit dir hat in Syrien keine Bedeutung, zumindest keine rechtliche.

PAUL. WENN DU DICH JETZT NICHT SCHLEUNIGST AUF MACHST; UND DICH IN ISRA ZEIGST, UM MICH ZU HOLEN, IST MEIN SCHICKSAL BEESIEGELT!

Du weißt, wie sehr ich dich liebe. Darum eile und lasse mich fühlen, wie deine Liebe für mich ist. Du kannst sicher sein, dass selbst mein Vater meine Rückkehr zu dir gut heißen wird. Mein jetziges Leben in Syrien ist beängstigend und wenig gesichert. Kürzlich musste ich auf Betreiben eines Verwandten die Bekanntschaft eines in Damaskus lebenden Hohen Beamten machen. Ohne Umschweife eröffnete er mir einen pathetisch konstruierten Antrag in direkter Aufforderung, mit ihm eine private Ehe einzugehen. Er: `Darf ich fragen, glauben oder hoffen, sie in absehbarer Zeit als meine Frau betrachten zu dürfen. Sie sind eine fügsame, fertige Frau.` Mit FERTIG meinte er, ich sei eine verstoßene Frau.

Seine einleitende Rede: `Ich bin von Geburt an geadelt. Mehr als für einen Mann in meiner Stellung notwendig, bin ich belesen und gebildet. Ich strebe eine Ehe auf privater Basis an.`

Er ist bereits in Al Quarayya verheiratet und woanders auch noch. Männer können hier in Syrien anscheinend bis viermal heiraten.

Da er, der Beamte, auf Grundlage von privaten Eheverträgen schon zwei Ehefrauen hat und 4 Kinder dazu, will er die Ehe mit mir ohne öffentliches Aufgebot, im Geheimen, führen. Das ist in Syrien häufig so.

Ich muss jetzt Schluss machen. Bitte, eile nach Isra´ und hole mich zurück. In sha Allah!"

e) Pauls Reise inkognito nach Syrien

Am späten Abend des 24.06.1988 reist Paul inkognito von Paris nach Bordeaux und von dort in die arabischne Länder weiter.

Am schnellsten kommt man bei Reisen voran, wenn man an den Grenzen der zu überwindenden Länder ein Ziel, eine Institution, eine Adresse angibt.

Die Grenzübertritte verlaufen für Paul unerwartet flott. Bei Quijda gibt es einige kleine Schwierigkeiten. Die marokkanische Grenzpolizei ist dort anscheinend genervt und mehr mit Migranten aus Schwarzafrika als mit den gewöhnlichen Durchreisenden beschäftigt.

Als mögliche Hilfe zur heimlichen Kontaktaufnahme mit Nayla hat mir ein ehemaliger Kamerad von der Fremdenlegion einen Araber namens Mohamed Àli genannt, einen ca. sechzigjährigen Mann aus dem Salihiya-Viertel in Damaskus. Mohamed Àli sei ein gläubiger Muslime und äußerst zuverlässig. Ein Geschenk Gottes.

In Damaskus treffen wir uns. Wir sind uns sofort sympathisch. Wie ich in Damaskus ankomme, liegt ein brauner Schimmer über der Stadt. Hoch über den Steilhängen des Jebel-Al-Quaaysym-Ber-

ges hält sich ein feueriges Rot der unter-
gehenden Sonne.

f) Ein Adend mit Mohamad Àli in Damaskus

Mohamed Àlis Ahnung für die Zukunft
seines Landes Syrien:

*„Wird die aus dem Meer der Armut und
Unbildung entstandene Sintflut auch auf
den Vielvölkerstaat Syrien überschwap-
pen? Die moderne Welt stützt sich auf keine höheren Werte mehr. Das Wort Demo-
kratie ist das Zauberwort und soll alles
andere verdecken, wie die Kutte eines
Mönches seine verschissenen Unterhosen.
Der niedrige menschliche Trieb, einfach
nur Begegnung, Aktionismus, koste es was
es wolle, ist entfacht. Die geistigen Per-
spektiven sind Hightech und auf Geld und
Macht ausgerichtete Rationalität.*

*Wer oder was ist der Wegweiser zur
einzigen und höheren Realität? Wer oder*

was ist der Wegweiser zur einzigen und höheren Wirklichkeit?"

So sprach Mohamed Àli, der den Koran auswendig konnte.

Paul: *„Du siehst schwarz, was deine Heimat Syrien betrifft. Niemand wird als Schwarzseher geboren!"*

Mohamed Àli: *„Alle, die uns ins Verderben schicken, werden sie eines Tages auf der Misan gerichtet, der Waage, mit der die Taten der Menschen am Tag des jüngsten Gerichts gewogen werden."*

Mohamed Àli, ein Geschenk Gottes, beschäftigte sich mit vielen Dingen. Sein Glaube an die Erfahrung als die einzige Quelle von Wissen über die Welt, hat für ihn weitreichende Folgen. Mohamed Àli hält sich an den Islam und sieht im Koran eine Sammlung von Wahrheiten, die von Gott als pragmatische Hilfen für den Alltag offenbart sind.

Mohamed Àli vertitt die Auffasung, wenn zwei Menschen, Mann und Fau, sich die Ehe vor Gott versprochen haben, dann gilt das grundsätzlich, egal, ob vor dem Gott der Christen oder vor dem der Musline geschlossen.

Mohamed Àli: *„Der Monotheismus, at-Tawhid, ist die wichtigste Gabe der Menschheit. Es gibt nur einen Gott."*

Es liegt in der Macht Gottes, Ehen zu legitimieren. Also bedürfte es keiner Mittelsperson oder Institution auf Erden.

Mohemed Àli unterstellt allen Menschen auf der Erde freie Wahlmöglichkeiten.

„Wenn Gott gewollt hätte, dann hätte er Gegensätzliches beschlossen. Aber was ist der Mensch ohne freien Willen? Die Erfahrung lehrt uns, dass wir immer und überall frei wählen können, und sei es zwischen Leben und Tod.

Mohamed Àli hat eine Menge geistiges und kulturelles Potential. Er ist ein Guter unter den Menschen.

Man könnte meinen, es gäbe nichts Einfacheres, als einen Guten Freund. In Wirklichkeit sieht das ganz anders aus. Freundschaft und Menschlichkeit erfreuen sich in unserer Zeit keiner Hochachtung, obwohl es doch gut verankerte Beispiele aus der Geschichte gibt, dass Menschsein das Leiden der Mitmenschen lindert, die Not lindert und gesellschaftliche Mängel beheben kann. Menschsein ist für viele Menschen inzwischen etwas Naives, Lächerliches. Manche glauben, sich Menschlichkeit nicht leisten zu können.

3. Abschnitt
Mohammed Ali und Paul werden Freunde

a) Mohammed Áli überreicht Nayla eine Botschaft

Am 12. September 1988 lässt Paul in der Kirche zu St. Geog heimlich eine Mitteilung zu Nayla überreichen:

„Liebe Nayla, am 30. September, 8 Uhr, wird mein Freund Mohamed Àli mit einem geliehenen Taxi bei der Michaelskirche in Isra sich bereithalten, um dich abzuholen. An der Windschutzscheibe des Taxis klebt ein Schild mit dem Wortlaut bzw. dem Code-Name SAATKRÄHE. Vergewissere dich, dass es Mohamed Àli ist, indem du ihn den Code-Namen abfrägst. SAATKRÄHE.

Mohamend Àli wird mit dir stadtauswärts fahren, wo ich euch am Ha-Goscherim-Haus erwarte. Gott sei Dank hat Mohamed Àli genug Beziehungen, um uns eine `Carnet de Passage`, einen Passierschein für den Grenzübertritt nach Jordanien zu beschaffen. Über Jordanien werden wir nach Paris zurückkehren.“

b) Paul ahnt nichts Gutes

Am 30. September des Jahres 1988, begibt sich Mohamed Àli in einem geliehenen Taxi nach Isra, zur Michaelskirche, um Pauls Gattin, Nayla, zu holen und an den vereinbarten Treffpunkt zum Ha-Gosherim-Haus vor den Toren von Isra zu bringen, wo Paul wartet. In der Nacht davor beschleichen Paul wie ein eisiger Mantel die Sorgen um Nayla. Er ahnt nichts Gutes.

Er und Mohamed Àli saßen lange in Mohameds Garten, unter den Eiben. Paul versuchte die Welt zu begreifen. Mit seinen Empfindungen war er ganz bei Nayla. *„Nayla, komme möglichst mit Kopftuch, in verhüllender Kleidung!"* Das war seine Hoffnung.

Nahe dem Ha-Gosherim-Haus, auf dem Weg nach Jordanien:

Nayla sitzt im hinteren Teil des Taxis, in einem mit Ornamenten bestickten Traditionskleid aus blautürkisefarbenem Stoff, das bis zu den Knöcheln reicht, dem zweiteiligen, syrischen Galabejas.

Ihr schwarzes Haar ist teilweise mit einem Kopftuch mit gelben Lichtstreifen bedeckt.

Die Begrüßung war kurz. Die Umstände wollen es so. Man ist schließlich auf der Flucht. Zärtlichkeiten in der Öffentlichkeit erregen Aufsehen und sind in Syrien unter Strafe gestellt.

Der Weg zur Grenze nach Jordanien ist weit. Außerdem ist Ramadan, der islamische Fastenmonat. In den Gassen und auf den Straßen von Isra ist es entgegen sonstiger Gepflogenheiten ruhig, fast menschenleer. Die Cafés, Restaurants und die meisten Geschäfte sind geschlossen.

„Wir sollten huschen und kuschen und jedes Aufsehen vermeiden!" meint Mohamad Àli.

Wie ich Naylas Hand fest in der meinen weiß, kommt mir ein arabisches Lied, das mir Nayla bei unserer Vermählung in arabischer und deutscher Sprache vorgesungen hat, in den Sinn:

„Halt mich fest, denn meine Seele schwebt auf deiner Augen Strahl. Halt mich fest, verlockend spürt das Herz der Liebe üppig Mahl. Halt mich fest, weil, oh mein Lieber, fern von allem Wichtigtun, meine Hände unterm Feigenbaum, im kühlen Wasser der Oase ruhn.“

شــعاع فــوق تطــير فروحي ,بقـــوة ضـمني
الحب قلــب يلمــس لكــي ,بقـــوة ضـمني .عينيــك
حبيــــبي يـــا بقـــوة ضـمني .بـإغراء فـاخرة وجبـة
في يـــدايا فلتســــــتريح .مهم ماهو كل عن بعيداً
.يـــن شجرة تحت البـــاردة الواحة ميـــاه

(Dokument)

c) Auf dem Weg zur Grenze

Während Mohamed Àli in Richtung Jordanien fährt, sitzen Nayla und ich stumm im hinteren Teil des Taxis, in der Hoffnung, alles Bisherige hinter uns zu lassen und schnell die Grenze zu erreichen.

Als Pausenpunkt ist eine Wohnanlage des Namens Eyad, am Stadtrand von Nawà, vorgesehen. Nachdem wir die Stadt Nawà hinter uns lassen, überkommt mich ein Gefühl, als verfolge uns ein gelber PKW.
Mein Gefühl ist nicht unbegründet. Bei einem Halt in der nur 10 km vor der Grenze liegenden Stadt Dara, vor einem Suqs, schiebt sich ein mit drei Männern mittleren Alters besetzter, gelber Mercedes neben das Taxis.

Ich frage Mohamed Àli, ob das etwas zu bedeuten habe. Dara ist Hauptstadt der gleichnamigen Provinz und Marktstadt für die Region, in der hauptsächlich Wiezen und Gerste angebaut wird.

Mohamed Àli: *„Das könnten Diebe sein, die sich auf Ausländer spezialisiert haben. Diese Spitzbuben nehmen sich hauptsächlich Ausländer zum Ziel. Man darf sich mit ihnen nicht in ein Gespräch einlassen. Ihre Handlungen widerlegen, was ihr Mund sagt. Sie bieten Dienste an, die nur Schaden bringen."*

Der Fahrer des gelben Mercedes spricht Àli durch das Fenster des Mercedes an: *„Was glaubst du, wer die beiden da drinnen sind?"* Gemeint sind Nayla und ich.
Àli: *„Das weiß ich doch nicht und will ich auch nicht wissen. Ich bin nur der Taxifahrer und kein Wali!"*

Bei der Weiterfahrt in Richtung Grenze folgt uns der gelbe Mercedes in geringem Abstand. Links und rechts säumen dicht gedrängt dunkelgrüne, abgeerntete Süßgräserfelder die Straße.

Zum Fenster hinaus sehend sehe ich unzählige Saatkrähen, hüpfend und schreiend, grabend, hackend und in Gruppen gemeinsam nach Nahrung suchend und ihre akrobatischen Flugkünste, ihr lärmiges und geselliges Miteinander.

Für einen Moment trage ich mich mit dem Gedanken, mit Nayla das Taxi zu verlassen und den Weg zur jordanischen Grenze durch die Felder zu wagen. Ein sinnloses Unterfangen.

Ich fühle einen unheilvollen Tag auf uns zukommen, lasse mir aber nichts anmerken, um Nayla nicht in Unruhe zu stürzen. Nach Dara, nahe der Grenze, holt der Mercedes auf und stellt sich schräg zum Taxi, um Mohamed Àli an der Weiterfahrt zu hindern.

Mohamed Àli flucht: *„Diese Respektlosigkeit!"*

Einer der drei Wageninsassen, der Fahrzeugführer, ich nenne ihn `Fasiq`, Übeltäter, verlässt den Wagen und kommt auf das Taxi zu.

d) Make off!

In ruhiger, beinahe flüsterder Stimme, befiehlt er: *„Steigen Sie alle aus dem Taxi aus!"*

Keiner von uns tut das. Auch Mohamed Àli nicht. Ich muss gestehen, den Ernst der Lage hatte ich bis dahin nicht erkannt oder einfach verdrängt.

Nayla beginnt leise in sich hinein zu weinen, als ahne sie mehr als ich.
Wir sitzen beide im hinteren Wagenteil. Ich sehe hunderte Saatkrähen aus den Feldern aufsteigen. Sie füllen den Himmel.

„Höre nicht auf deine Ängste!", sage ich mir. *„Das ist ein Missverständnis."*

Ich wende mich mutig an `Fasiq`. So nenne ich ihn.

„Was wollen sie von uns? Wollen sie unser Geld?"

Der `Fasiq` antwortet: *„Halten sie den Mund!"*

Dann schreit er laut und befehlend: *„Aussteigen, habe ich gesagt. Alle, und zwar sofort!"*

Ich öffne die Wagentüre und trete mit Nayla an der Hand und mit den Worten, *„Sie werden uns nichts anhaben."*, auf die Straße.

Der `Fasiq` sagt zu Mohamed Àli: *„Du solltest jetzt verschwinden, bevor Elend über dich hereinbricht! Nimm dein Taxi und verzieh´ dich!"*

In englischer Strache unterstreicht er bedrohlich diesen Befehl: *„Make off!"*

Mohamed Àli gibt nicht auf. *„Die Räuber vermehren sich in unserem Land wie die Fliegen!"*, schimpft Àli.

Der `Fasiq` wiederholt, dieses Mal eine Pistole auf den Kopf Mohameds gerichtet: *„Make off! Make off!"*

Mohamed Àli anwortet unbeirrt: *„Willst du einen alten Mann umbringen? Bei den Propheten, bei Adam, Noah, Abraham, Jakob, Joseph, Moses, David, Jesus und Mohammed, dann tu es!"*

Seinen langen Bart mit den Händen über die Augen haltend, sagt er: *„Dann schieß!"*

Der Gedanke, der furchtlose Àli könnte unseretwegen jeden Augenblick Opfer werden, war entsetzlich.

Ich bitte Mohamed Àli: *"Tu, was er sagt! Das Missverständnis wird sich aufklären!"*

Es missfällt Mohamed Àli sichtlich, uns mit dem `Fasiq` allein zu lassen. Was bleibt ihm übrig. Àli fährt ab. Inzwischen sind die beiden anderen Begleiter des `Fasiq` aus dem Auto gestiegen.

Der `Fasiq` rückt ganz nahe an mich heran und hält mir die Pistole in die Rippen.
Er befiehlt: *„Make no move!"*

Während er mich mit der Pistole bedroht, fragt er Nayla flüsternd: *„Du bist Nayla Alkaddar aus Isra?"*

Nayla, mutlos und zusammen gekauert: *„Ja, die bin ich!"*

Der `Fasiq` befiehlt seinen Begleitern: *„Nehmt sie in unseren Wagen!"*
Die beiden greifen Nayla an den Armen und führen sie in den Mercedes.

Der `Fasiq` schiebt mich, die Waffe auf mich gerichtet, etwa zwanzig Meter vom Mercedes weg in ein Feld.

Er flüstert: *„Ich will hoffen, dass es dem Deutschen einleuchtet. Und Grüße soll ich dir ausrichten, vom künftigen Gatten der Nayla Alkaddar, Hafiz."*

Dann wieder im Befehlston: *„Make no more!"*

Rüchwärts gehend bewegt sich der `Fasiq` zu seinem Wagen. Dann setzt er sich ans Steuer. Einer seiner Begleiter sitzt vorne, einer hinten, neben Nayla.

Der `Farik` lässt den Motor an. In diesem Moment sieht Nayla anscheinend eine Chance. Oder war es Verzweiflung, die sie trieb! Sie stößt die hintere Wagentüre auf, springt aus dem Mercedes und läuft auf mich zu.
Ein Begleiter des `Fasiq` richtet seine Pistole auf Nayla. Er drückt zweimal ab. Nayla wird in den Rücken getroffen und stürzt. Sie sackt in sich zusammen.

Ich renne auf sie zu, werde aber hart angegangen und gestoppt.

Der `Fasiq` flucht und belegt seinen Begleiter, der auf Nayla geschossen hat, mit einer Schimpftirate: *„Du Hurensohn, du*

Hundesohn, Bastard, Wasserkopf, wir sollen Nayla lebend zu Hafiz bringen!"

Die beiden Begleiter des `Fasiq` geraten, nachdem sie Nayla regungslos am Boden liegen sehen, in große Aufregung. Einer der Begleiter beugt sich über Nayla: *„Tot!"*

`Fasiq` schreit laut: *„Sie ist tot? Sie ist tot! Du Hurensohn!"*

Die beiden Begleiter tragen Nayla zum Mercedes und laden sie in den Kofferraum. Dann verlässt mich das Bewusstsein.

Als ich wieder bei Kräften bin, steht Mohamed Àli neben mir. Er weint.

„Solange es Wasser gibt, werde ich nicht ruhen, diese Söhne der Finsternis zu suchen und Rache zu nehmen. Meine Zeit wird kommen."

Dann wendet er sich an mich: „*Man hat viel von dir weggenommen. Allah möge dir das Licht des inneren Friedens und die Kraft des Durchhaltens senden! Der Ruf der Liebe ist rein und überdauert alles irdische Leben.*"

Zu sich, in Richtung Mekka gewandt, sagt er leise, als wäre es ein Schwur: „*Die Liebe ist aus dem selben Stoff wie ein Schwert!*"

Über den Autor

Rolf D. Kaufmann, Jahrgang 1942, arbeitete als Lehrender 29 Jahre an einer deutschen Hochschule und 6 Jahre an einer italienischen Universität. Er studierte Kunstgeschichte, Malerei und Grafik in Rom, Politikwissenschaften in München, Pädagogik, Philosophie, Soziologie, Indologie und Sinologie in Freiburg.

Die ihn am meisten beschäftigenden Themenstellungen sind Marginalität, in gesellschaftlicher Grenzstellung befindliche Personen, Ethnizität, Ambivalenzen in Mehrfachidentitäten – und der Dialog zwischen den Kulturen. Private und berufliche Gründe führten ihn nach Asien, Vorderasien, Afrika, in arabische Länder und nach Süd- und Mittelamerika.

مسموعاً المـآذن من للصـــلاة المــؤذنين نـداء عـاد و النسـاء أرتـدت و .أكــثر بوضـــوح بيوتنـا فـي يغـادرن لا أصـبحن و النظـر تلفـت لا ملابس فقـد الفتيــات أما ,محجبـات هن و إلا يــوتهن الخطب عادت و .الشـــريعة و بالحجـاب أعـترف أكـثر صـالحة التعـاملات و الإهداءات و الدينيـــه أصـبح فقـد بالتمـــائم الإعتقـاد أما .قبـل دى من محمد أن و الله إلا إلـه لا أن يشـــهد المـرء و .رائحا صـــلواتهم يصـــلون المسـلمون عـاد و . الله رسـول رمضـان يصـــومون و ,زكـاتهم يـــدفعون و ,المكنـوﺓ الإسـلام عاد فقـد هكذا و .الحج فريضـة يـؤدون و .حسن شـيء هذا و , سـورية إلـى

(Dokument)

118

MIX
Papier | Fördert
gute Waldnutzung
FSC® C083411

Zeitfracht Medien GmbH
Ferdinand-Jühlke-Straße 7
99095 Erfurt, Deutschland
produktsicherheit@kolibri360.de